第一场雪

峻 青／著

长江文艺出版社

目录

1　第一场雪

5　三峡赋

13　海娘娘

23　看瓜

50　风雪——童年生活回忆片段

79　青岛小叙

84　万斛珠玑

89　打更

95　老水牛爷爷

第一场雪①

十一月十七日,气象台发布了强大的冷空气即将南下的消息,第二天下午,从辽远的西伯利亚地带袭来的寒流,就侵入了胶东半岛。

连日来,暖和得如同三月小阳春的天气,骤然变得冷起来了。一清早,晴朗的天空中就布满了铅色的阴云。中午,凛冽的寒风刮起来了。寒风,呼呼地刮了整整一个下午。黄昏时分,风停了,那鹅毛般的大雪,却就纷纷扬扬地从半空中降落下来了。

这是入冬以来胶东半岛上的第一场雪。

这雪,下得很大,也很稳。开始的时候,还伴着一阵儿小雨。不久,雨住了,风停了,就只有那大片大片的雪花,从彤云密布的天空中,簌簌落落地飘将下来。一会儿,地面上就发白了。夜里,冬天的山村,万籁俱寂,什么声音也没有,只听到那大雪不断降落的沙沙声和树木的枯枝被积雪压断了的咯吱声……

大雪整整下了一夜。第二天早晨,天放晴了,太阳出来了。推开门一看,嗬!好大的雪啊!那山川、河流、树木、房屋,全都笼罩上了一层白茫茫的厚雪。极目远眺,江山万里,变成

---

① 本文原名《瑞雪图》,收录进课本时有删减。

了一个粉妆玉砌的世界。看近处，那些落光了叶子的树木上，挂满了毛茸茸亮晶晶的银条儿，而那些冬夏常青的松树和柏树上，则挂满了蓬松松沉甸甸的雪球儿。一阵风吹来，树木轻轻地摇晃着，那美丽的银条儿和雪球儿就簌簌落落地抖落下来，玉屑也似的雪沫儿，随风飘扬，在清晨的阳光下，幻映出一道道五光十色的彩虹……

大街上，积雪足有一尺多深。人在雪上走着，脚下就发出了咯吱咯吱的响声。一群群孩子，在雪地里做雪人、掷雪球，那欢乐的叫喊声、嬉闹声，把树枝上的雪都震落下来了……

啊，好一幅北国寒冬瑞雪丰年的画图！

记得小时候读过的《幼学琼林》上有这样的一句话："雪花飞六出，先兆丰年，日上已三竿，乃云时晏。"

我没有注意夜间下的这一场雪，雪花儿是不是六个瓣儿，但我却肯定地相信：这一场十分及时的大雪，一定会促进明年春季作物，尤其是小麦的丰收。因为我知道，"瑞雪兆丰年"并不是一句迷信的成语，而是一个有着充分科学根据的论断。因为寒冬大雪，可以杀死那潜伏在土层里的越冬害虫；而那融化了的雪水，滋润进土层深处之后，又是促进植物生长的好肥料。因此，有经验的老农民们，都把雪比作是"麦子的棉被"，冬天，"棉被"盖得越厚，明春，麦子就长得越好。所以就有这样的一句农谚："冬天麦盖三层被，来年枕着馒头睡。"

我想，这就是人们为什么把雪称为"瑞雪"的道理吧。

今冬的雨雪来得既适时，又充分。而尤其令人欣喜的是：这场雪，下得很普遍、很广阔。我从收音机里听到，在十一月十八日这一天，不仅是胶东半岛上下了大雪，而且整个华北地区一直到淮河流域全都普遍地降了大雪。

前几天，我从半岛的最东端烟威海滨，来到了半岛的最西部昌潍平原。在这贯穿了整个胶东半岛的将近千里的路程上，到处都是白茫茫的一片，那巍峨雄伟的昆嵛山、牙山、林寺山、崂山、大泽山，全都素妆淡裹、玉立霄汉，那肥沃辽阔的沽河两岸和昌潍大平原，则像铺上了一层晶莹皎洁的天鹅绒大地毯似的，白茫茫的，一望无际、不见边岸。

不论在村庄里的街头巷尾，也不论在列车的车厢里，到处都可以听到人们兴奋地赞赏："啊，好雪，好雪！"

我深深地理解我的乡亲们的这种喜悦之情。在"三年困难时期"之后，人们用顽强的意志和勤劳的双手战胜了困难，争取了去年、今年两年的丰收；而今，又降落了这样一场及时而又充分的瑞雪，眼望着明春小麦的丰收，已经有了七八成的保障，这种一年胜似一年的大好形势，这种一浪高似一浪的生产苗头，这种如花似锦的光辉前程，怎不使人欢欣鼓舞兴奋不已呢？

往年，冬天向来是一个闲散的季节。地了场光之后，就没有多少事情可做了。因为过去有句成语"一年之计在于春"，所以一直等到来年开了春以后，人们才动身下地。但是今年人们提出了"一年之计在于冬"的口号，他们把时序提前了一个季节："冬至"之日，也就是"立春"的开始。人们要在这关键性的季节里，打下来年丰收的基础。

还在大雪降落以前，人们就开始冬耕了，那刚刚翻耕起来的土地，就承受了雨雪的滋润；瑞雪降落之后，人们更加忙碌了：天不亮，人们就爬起身来，踏破了千里雪野，到地里去打井、运肥、挖沟、修堰。田野里，到处是忙碌的人群，到处沸腾着劳动的响声。早晨，太阳出来了，那火红的阳光，照射着无边的雪野。我站在田间，纵目四眺，但见那苍茫辽阔的雪野，在明晃晃的阳光照耀之下，反射出一片耀眼的银光。无数的人群，在这银光闪闪的雪野上忙碌着。望着这漫天遍地的瑞雪，望着这漫天遍地在雪野地上忙碌着的人群，我的心里充满了兴奋的喜悦，我仿佛从这苍茫无际银光闪闪的瑞雪上面，看到了浩瀚无边金光灿烂的收成。啊！这不是幻觉，因为一场波澜壮阔的农业生产新高潮，很快就要到来了。

一九六二年十二月

三峡赋

一

现在已是深秋季节。

虽说夏汛早已过去了，但是长江里却依然是洪流滚滚，波涛汹涌。特别是三峡一带，在那两岸高山对立陡壁夹峙的狭窄的江流中，江水更加湍急、凶猛、勇不可挡。夜阑更深之时，轻舟泊岸，躺在床上，万籁俱寂之中，只听到秋水拍击着江岸，急浪冲击着礁石，发出一片震耳欲聋的呼啸声，听着真叫人心惊胆战呢。

啊，长江，这名列世界第三条大河的长江，它那来自世界屋脊的唐古拉山脉的主峰格拉丹冬雪山群中的冰川雪水，一路上汇集着千川万流，浩浩荡荡，汹涌澎湃地流过四川盆地，冲入夔门，在七百里三峡深谷中翻腾着咆哮着，冲出南津关口，一泻万里地奔过广阔平坦一望无垠的江汉平原、苏皖沃野，注入了东洋大海。那气势，真是雄伟极了，壮观极了。

记得从童年开始读书识字的时候，我就从一些描写长江、黄河，尤其是三峡景物的诗文中，领略了它们的雄伟之姿、魅人之灵，并为此而深深地向往着。

我喜欢那"大江东去"长河落日的雄伟气魄，我更向往那两岸猿声"一川渔火"的迷人景色。啊，曾经有过多少撩人情思的画面，进入我童年的梦境：我梦见过长袖招展的巫山神女，梦见过烟雾迷蒙的高唐云雨，梦见过"雷电夜惊猿落树，波涛愁恐客离船"的骇人情景，也梦见过"古祠近月蟾桂寒，椒花坠红湿云间"的优美景色……

然而，梦，毕竟是梦，尤其是童年的梦，直到数十年后的今天，当我真的目睹了大江景色三峡风光的时候，我才禁不住深深地吸了口气，发出了连声赞叹：啊，三峡，果然是名不虚传，它比我童年的梦中所见，还要美、还要迷人。甚至，它比一切描写它的诗词文章，还要美、还要迷人。

几天前，我由上海启程，乘江申八号轮，溯江而上，开始了大江、三峡之行。在船出吴淞口以后，我看到了大江入海流的雄伟场面，那场面，真是壮观极了。在船到苏皖平原时，我看到了阡陌无垠长河落日的优美景色。现在，我又和"作家艺术家赴长江水利工程考察访问团"的诸同仁一起，乘宜昌"轻舟号"旅游船，从葛洲坝溯江而上，沿着狭窄湍急的航道，由南津关进入了三峡之一的西陵峡，又经过烟云迷蒙的巫峡，直抵"夔门天下雄"的瞿塘峡口。在这数百里的三峡旅途中，我简直被这雄伟壮丽优美无比的风光迷住了。白天，我几乎是整天整天地站在船头甲板上，目不暇接地眺望峡谷两岸的景色。啊，这两岸的山峰，是那么高，那么陡，简直就像石壁一样，直插天际，把那滚滚奔流的大江，挤成了一条细流；把那广阔无垠的天空，遮成了一条细线。山鹰，那一只只矫健刚毅善于腾空的山鹰，也只能在那云雾缭绕的半山腰中盘旋。那善于攀登的猿猴，也兀自不禁地从山崖上望着下面那深不可测的滚滚急流，发出胆战心惊的哀鸣。

再看那巫峡吧，那儿又是另一番别有情趣的景色了。如果说，那雄伟险峻的西陵峡和瞿塘峡可以比喻为昂首挺胸威风凛凛的关东大汉的话，那么，巫峡就是素装淡裹花容月貌的蟾宫仙子了。这儿是一种秀丽的美，诗意的美，朦胧的美。这秀丽，这诗意，这朦胧，全在那空蒙迷离的烟云上面。是的，烟云，曾经有过一句诗"除却巫山不是云。"来到这儿，我才真正体会到这句诗的生动含义了。

巫山的云，的确是与众不同，它是那么洁白，那么生动，那么变化无穷。它一会儿浓，一会儿淡，一会儿动，一会儿静，那巫峡两岸的山峰——著名的巫山十二峰，整天都在烟云迷蒙之中，并且随着这云浓云淡、云开云合，而时隐时现、扑朔迷离，平添了一层神秘的色彩，也充满了诗情画意。

特别是神女峰。

它高高地耸立在大江之滨，长江的白云，终日在它的身边飘拂，远远望去，就像它身上裹着一袭蝉羽般的薄纱云裳，在风中飘动一样。有时，随着那白云的飘拂，也会使人仿佛觉得这是神女在轻舒长袖翩翩起舞呢。

不禁艳羡起那些生活在三峡中的人们来了。他们生活在如此绝美的环境里，真可说是身在图画中了。该是多么幸福啊。

不要说他们，就连我们这些来去匆匆的过客，此时此地，又何尝不时刻都感到生活在图画之中，全身心都充满了山川的灵气呢！

二

然而，三峡又岂止是风光无比优美，而文物古迹的丰富和集中，更是无与伦比的。那金碧辉煌的古代建筑，那典雅庄重的庙宇寺院，那遒劲苍老的摩崖石刻，那名贯古今的夷陵古战场，那白帝城，那张飞庙，那八阵图，那屈原祠，那昭君故里，那三游洞至喜亭，那杜甫高斋……

啊，长江，它是我们中华民族的摇篮，它是我们古老而悠久的文化发源地。远在一百万年以前的旧石器时代，我们的祖先，就在这长江流域生息繁衍。不久前在湖北郧西发现的古猿人化石，就是确凿的证明。当黄河流域出现了仰韶文化的时候，这儿出现了大溪文化和屈家岭文化，它们互相辉映，成为中华民族文化的骄傲。

无怪我们访问团中的著名作家叶楠，在参观了屈原祠和昭君故里以后，深有感触地说：

"现在，我明白了，为什么这儿会诞生屈原和王昭君。"

是的，物华天宝，人杰地灵。只有如此无比雄伟的滚滚大江，无比壮丽的三峡景色，无比灿烂的古老文化，才能产生像屈原那样刚直不阿义薄云天的杰出诗人和他那千古不朽光耀万世的伟大作品，才能产生出像王昭君那样彪炳史册芳溢九州的绝代佳丽。

然而，长江和三峡，又岂止是孕育出杰出的诗人学者和历史名人，而是孕育了整个的中华民族。

长江，它既是中华民族的摇篮，也是中华民族的象征。

它那胸纳百川气吞山河的伟大体魄，就是我们中华民族的民族体魄。

它那不畏险阻勇于进取一往无前百折不回的刚毅精神，就是我们中华民族的民族精神。

不是吗？你看那大江，它浩浩荡荡，一泻万里，任是千山耸峙万石壁立，它也要劈山开石夺路前进。它那夜以继日锲而不舍的滔滔洪流，能把大山劈成峡谷，巨石磨成齑粉。那险峻的夔门，陡峭的三峡，就是它用时间和毅力凿开的通道。那三峡两岸和白帝城下的一堵堵没有了棱角的圆滚滚的岩石，也是滔滔江水的杰作。在人称小三峡的大宁河的河谷，在香溪沿岸，我们曾去捡过有名的雨花石。这些五光十色小巧玲珑的可爱的小石子，几亿万年以前，它们都是屹立在河谷中的庞然巨石，正是那刚毅顽强的滔滔洪流，把它们磨成了如此玲珑剔透的精巧小球，甚至有一些早已磨成了齑粉，被那滔滔的江水，冲得无影无踪。

多么伟大的气魄，多么坚毅的精神！

我们的民族，我们的祖先，千万年来，不正是以这样伟大的气魄，这样坚毅的精神，一往无前地生活着斗争着，一代又一代地繁衍生息着吗？

我看到过一个令人惊讶而又发人深思的景象：那就是巫峡、瞿塘峡以及大宁河峡谷的悬崖陡壁上的古栈道。

这栈道，是在根本无路可通的峡谷一边的高山上，在那猿猴都不敢攀登的悬崖峭壁上，用最原始的工具，把那钢铁般坚硬的石壁，凿出一个个六寸见方二尺多深的石孔——每个石孔与石孔之间，相距五尺，然后再在这石孔中，楔上横木，铺上木板，又在这石孔的上面，同样对称地凿上一排石孔，楔上木头，作为撑架。这便是栈道，这便是路。

这是天上之路，这是云中之路。

现在，这古栈道上的木柱和木板，早已腐朽坠落不见踪迹了，只有那一个个匀称整齐上下对称黑洞洞的石孔，像一只只眼睛似的，在默默地注视着那日夜奔流不息的大江，注视着来往于江上的船舶，注视着历史的变迁……

在三峡，还有一种景象，令人注目，发人沉思：那就是在大江两岸峡谷石壁上开凿出来的纤道。这纤道，有的地方，是和古栈道平行的。长江三峡，江窄流急，在逆水行舟时，特别是在经过危滩时，全要靠纤夫把船拉上去，这叫作拉纤，长江三峡的纤夫，就是行走在这险峻的纤道上，背负着沉重的船舶，把身子几乎弯到了地面上，一步一哼地喊着号子艰难地前进着，前进着。这号子的声音，是那么忧郁、沉重、悲壮，听着这声音，就仿佛听到了一个多灾多难的古老民族的呻吟和悲叹。

千百年来，我们的祖先，那些生活在三峡中的纤夫，就是这样呻吟着悲叹着艰苦地前进的。那坚硬的岩石上，至今还赫然在目地留下了一条条被纤绳磨出来的印痕。

这印痕，是三峡人民苦难历史的记录，也是他们不畏艰险奋勇前进的标志。它和古栈道一样，都是人生路程上勇于开拓征服自然不断前进的坚强意志和伟大力量的表现。

是的，人，总是要不断征服自然改造自然奋勇前进的；路，总是要不断开辟的，不断延伸不断向前的。它就如那长江大河一样滚滚的洪流，如果它不劈开那重重叠叠的蜀山楚岭，艰难险阻，它就不可能到达那宽阔平坦的江汉平原，奔向那浩瀚无垠的汪洋大海。人，如果不奋勇地不断开拓不断征服自然，就不可能达到由必然王国走向自由王国的幸福境地。

我为三峡骄傲，我为葛洲坝人骄傲，我更为我们这伟大的中华民族骄傲。

三

这天夜里，我们的船，停泊在巫山城下。

这是一个非常优美的深秋之夜。

一轮又圆又大的皓月，高高地悬挂在巫山的山峰上空。江面上，洒满了银色的月光。神女峰，在月光下显得更加秀丽动人了。我望着这默默伫立在大江之滨的神女峰，不禁想起了一个有关她的美丽的传说。传说她本是西天王母的小女儿,名叫瑶姬,一日,她带着仙女,云游到巫峡,正遇上恶龙逞凶,洪水泛滥,人民遭灾。于是她立刻按下云头,降服了恶龙,并协助夏禹治理了洪水。从此以后,她就伫立在巫山之巅,为行船指点航路,为百姓驱除虎豹,为人间耕云播雨,为治病育种灵芝。年复一年,她忘记了西天,也忘记了自己,终于变成了一座优美秀丽的山峰,伫立在江边,朝迎晨曦,暮送晚霞,日日夜夜注视着人间,关心着民脉。那些航行在险滩急流上的旅人们,那些蹒跚在崎岖陡峭山路上的纤夫们,每当他们遇到危险或筋疲力尽之时,只要一望见那脉脉含情伫立山巅的神女峰,立刻就信心猛增力气百倍地渡过险滩急流。

啊,神女,这在我童年的梦中多次出现的神女,你是那么美丽、那么善良。千百年来,你就一直伫立在大江之滨,默默地俯瞰着江流,注视着人间,现在你在想些什么呢?是担心那航行在峡谷急流中的船舶吗?是惦念着那洪汛期间大江下游两岸的田舍黎民吗?想到这里,我不禁心情激动,口占俚句一首:

    秀峰伫立大江滨
    阅尽人间几度春
    瑶姬未懈降龙志
    山荒水野日日心

  江山无限、历史无私,既然我们的几千年前的祖先,能以雄伟的长江所孕育出来的伟大体魄和坚毅精神冲破大自然的束缚,在那样险峻的悬崖峭壁上,开凿出一条通往争取自由和幸福的古栈道来,那么,生活在现代并拥有现代科学技术的我们,更能以我们固有的伟大民族体魄和坚毅精神,来开拓出通往更加幸福更加美好的生活之路来。

啊，我的亲爱的伟大的长江！

我的亲爱的伟大的中华民族！

一九八五年十月十三日写于
夜泊巫山下的"轻舟号"上

海娘娘

和许多初次看到大海的孩子一样,我的女儿小丹珈,对于那一碧无垠烟波浩渺的大海,简直像着了迷似的,虽然这已经不是她第一次看到大海了。

每天清晨,天刚闪亮,她就从床上爬起来,一个人跑到海边上,瞪着一双惊讶而好奇的眼睛,看那一轮火红的朝阳从朦胧的海面上徐徐升起的奇景;去拾贝壳、挖螃蟹,谛听那海浪冲击着沙滩的有节奏的哗哗声……

也有的时候,她什么也不做,只是坐在岩石上面,眼睛一动不动地望着那颜色不断变幻的大海出神,往往一直望上那么几个钟头。每当她这么凝神眺望的时候,她的眼睛里就流露出一种迷惘的神秘的不可捉摸的神情来。

是的,那优美、雄伟而又多变的大海,是足以使人着迷的。且莫说是一个十二岁的正在上小学六年级的孩子,就连我这个从小就常常看到大海的人,对于海的兴趣,也还是那么浓厚;而自己的感情,也还是那么容易随着大海的各种不同的变化而变化:每当晴朗的早晨或是静谧的月夜,海上风平浪静,微波不兴,只有那几乎是看不清的细浪温柔地轻轻地舐着沙滩,发出一种几乎是听不清的温柔的絮语般的声音的时候,人们就像置身在温馨的春夜里,在月色溶溶柳丝拂拂的池塘旁边倾听一支优美动人的小夜曲时,情不自禁地激起一种洋溢着诗情画意的恬静而又近于陶醉的感情。这时候，人的心里就像一片透明的水晶，去领略这充满了优美的诗意的享受；当海上风云变色波涛汹涌，一排排山岭般的巨浪从那灰黑色的遥远的天际，以排山倒海之势呼啸着咆哮着向着岸边滚动过来，猛扑着那巍然矗立于海边的岩石，激起一个个雪白的浪花，发出一阵阵雷鸣般的响声的时候，人们的感情，就立刻随着这巨大的激动而激动起来，犹如置身于一个万马奔腾金鼓齐鸣的战场上。这时候，人的心里就会情不自禁地产生一种慷慨悲歌拔剑起舞的热烈情感呢。

——这大概也是人之常情吧。

然而，近来我发现：小丹珈在海边岩石上凝神远眺的次数越来越多，时间也越来越长了。

在夕阳的霞光染红了辽阔的海面，成群的海鸥悠闲地在海面上飞翔，一对对渔罢归来的渔船浴着火红的晚霞在平静的海面上徐徐驶来的时候，她一动不动地坐在那里凝神眺望；在海上起了风暴，波浪像发怒似的猛烈地冲击着低低地垂挂在海面上空的阴云的时候，甚至在白蒙蒙的大雨横扫着动乱的海面，成群的海鸥惊慌地四处飞逃的时候，她仍然一动不动地坐在那里凝视着那愤怒了的大海，脸上现出一副幻想的希冀的神情来。而且，越是这样的坏天气，她在那里眺望的时间越久，苦苦思索的样子也越明显。

她究竟是在那里眺望什么呢？思索什么呢？
我不由得感到诧异了。

前天，我忽然看到，她不仅在望、在想，而且拿着一支铅笔、一张白纸，坐在岩石上，眯缝着眼睛，望着水天苍茫的远处，在画什么。

哦，我明白了。她是在画那大海的景色吧。喏，这海边上，不是常常有人在写生吗？

然而，我猜错了。

她画的不是大海，却是一个非常美丽的仙女。

啊，这海上的景色和仙女又有什么联系呢？我更加诧异了。

我知道：这孩子酷爱写诗作画。而且有一个喜欢把她心目中所崇敬和热爱的人物，用画和诗记载下来的习惯。每次她看过一出使她很感兴趣的戏或者电影的时候，回来总是要画几幅图画的。

有一天，正是中秋节，银盘也似的月亮，从碧蓝的大海里，涌上了碧蓝的天空。在洒满了月光的沙滩上，望着那光辉四射的月亮，我给她讲了一个嫦娥奔月的故事，当天夜里，她就根据自己的想象，画了一张嫦娥的画像。这画上，美丽的嫦娥，长袖曼舞，姿态十分可爱。画上也题了一首小诗：

　　银月似玉盘
　　高高挂天心
　　眼望银月影
　　思起奔月人

哦，是了。我想：一定是这几天她在海边上听到了什么传说和故事，又在描绘她那想象中的形象吧。

这一次，我的猜想没有错。当我问她画的是什么的时候，她回答说：

"海娘娘。"

"什么？海娘娘？海娘娘是谁？"我诧异地问。

"怎么，你还不知道海娘娘？"她诧异地望着我。

我摇摇头。

于是，她告诉我，前几天，她在海边上玩，有一个刚从海上打鱼归来的老渔民伯伯告诉她说：大海里有一个叫海娘娘的神，她是渔民心目中最最尊敬最最热爱的人。因为她是渔民们的救星，每当渔民在海上遇到了危险和困难的时候，她就会出来搭救他们，帮助他们。譬如，在阴云密布的夜里，海上突然起了风暴，渔船像树叶儿似的在狂风巨浪里摇摆，四处黑茫茫的一片，正是危险万分的时刻。这时候，只要你叫一声海娘娘，立刻就有一盏红灯，出现在你的船头前面。好，这红灯一出现，你的船就立刻觉得又轻快又安稳，好像有人牵着似的，不自觉地就随着这红灯向前走去。船走灯也走，灯走船也走，一会儿，就脱离了危险，到达了安全的地方；譬如，有的时候，渔民在大海里遇到了坏人和盗匪，他们要抢劫渔船杀害渔民，这时候，只要叫一声海娘娘，船边立刻就会刮起一阵狂风，把海盗和坏人连人带船一起卷到了海里。还有，如果在打鱼的时候，找不到鱼群，海娘娘就会把你的船引到有鱼的地方，或者会使成群的鱼，钻进你的网里来……

这个海娘娘的故事，使得小丹珈深深地着迷了。自从听了这个故事以后，她那幼小的心灵上，就对海娘娘产生了一种非常崇拜与热爱的感情。因此，她总想着把海娘娘这可敬的形象描绘出来。这几天，她每天都跑到海边上，坐在岩石上面，眼望着水天苍茫的远方，描摹那想象中的海娘娘的形象。可是，几天过去了，白纸画了一张又一张，画稿撕了一次又一次，却终究没有画出一幅自己认为满意的作品来。

我向她要画看。

她紧紧地用手捂住：

"不给你看。"

"为什么？"

"画得不好，不像她。"她哭丧着脸，现出了难过的样子。她不愿意让人家看到那还没有描摹成功的画稿，因为这是她心目中最崇敬的形象啊。

我安慰她，不要难过，慢慢地画，总会成功的。

过了几天，我已经把这件事忘记了。可是，小丹珈还是天天到海边去，坐在岩石上想呀画呀的。有一天，她从海边上回来，把书包挂在院子里的葡萄架子上，书包的带子没有扣紧，散了开来，一阵风吹过，有几张纸片儿从里面吹了出来。我拾起一张来看了看，一眼就看见了"海娘娘"三个字。下面一幅画，画的是一个身上穿着唐宫服装的美丽的女神（我不知道她根据什么把海娘娘认为是唐代人），手里高高地擎着一盏红灯，站在波浪滔天的大海上空。这女神的面部表情，庄重而慈祥，美艳又大方。

画的右下角，题着一首小诗：

　　虽从未见面　常听人谈论
　　娘娘大慈悲　搭救遇难人
　　红灯一盏明　碧海万年春
　　丹珈实敬佩　拙笔绘女神

说心里话，对于这幅画，不论是那海娘娘的形象，不论是诗，我都是比较满意的。对于一个十二岁的孩子，还能要求些什么呢？

我想：这一定是小丹珈最后的定稿了。可是，我又猜错了。她发现我在看这画稿的时候，跑过来一把夺了去，不给我看。

"为什么？"我问。

"不好，画得不像，还是不像。"

她哭丧着脸，依然现出了难过的样子。

我感到意外，而且有些困惑了：她所追求的究竟是怎样的一种形象呢？

我不禁也为她这种多次尝试而不得成功的苦恼而难过。但是，这一次，我没有再对她进行空泛的安慰，却给她出了个主意，我说："你不要一个人闷着头乱想乱画了，还是到海边上去找那些讲海娘娘故事的老渔民伯伯谈一谈，告诉他们你遇到的困难，请他们帮你出出主意。"

她答应了。

第二天早晨，我到海边上去散步。这时候，太阳还没有出来。但是，东方的天空，那贴近海面的地方，却泛起了一片绯红色的早霞。辽阔的大海，也被这霞光染成了暗红的颜色。一会儿，那天空的早霞越来越红越来越浓了，这大海的颜色也随着越来越亮越来越鲜艳了。

正当我聚精会神地等待着观看这海上日出的时候，忽然前面沙滩上有一个孩子，又蹦又跳地跑了过来，手里高高地挥舞着一张画纸，大声地喊道：

"爸爸，爸爸，我画好了，画好了。"

是小丹珈，她是那么高兴，那么激动。

我的心也不由得高兴起来了。心想，这次的海娘娘，一定画得很美了吧？可哪知接过画纸来一看，却什么海娘娘也没有。

画面上，是一片愉快的欢畅的绯红色的霞光。在那浩瀚无垠的大海上，一轮火红的太阳，正在冉冉地升起，那整个的日轮画着一个非常慈祥的面孔，在笑眯眯地俯视着大海。大海里，泛着一片早霞的红光；红光中，一群渔民，站在船头上，高高地伸着手，望着太阳，脸上现出非常愉快而又虔诚、感戴的神态……

"海娘娘在哪儿?"我诧异地问。

"喏,这就是。"她指着那红红的微笑着的太阳。

"什么?这就是海娘娘?"我有些困惑了。

"嗯,这就是。"她满意地点着头。接着,她就告诉我这篇作品的诞生经过。

原来,她听了我给她出的主意以后,就跑到了海边上,找到了一群渔民伯伯,向他们请教海娘娘的事情,并且告诉了她遇到的困难。渔民伯伯们听了,都哈哈大笑起来。其中有一个白发苍苍的老爷爷,拉着小丹珈的手,亲切地说:

"来,好孩子,你坐下,我来帮助你解决这个困难。不过,这话得说回来:要是退回到以前,你这么来问我的时候,我可是没有办法帮助你。因为在那个时候,虽说我打了一辈子鱼,大风大浪里飘荡了五六十年,听说过海娘娘,也祷告过海娘娘,可就是从来也没有看见过她,甚至做梦也没梦见过,一直到后来,我才真的看见了海娘娘……"

"啊,你看见过?"小丹珈着急地打断了老渔民的话,高兴地问,"她是什么模样儿?在哪里?"

"喏,就在这里。"老渔民笑眯眯地往船舱里指了一指。小丹珈顺着他的手望去,却原来是一架上海出品的收音机。

老渔民弯下腰去,用手把收音机的开关一扭,收音机里,立刻就响起了一个姑娘的清朗的声音:

"……今天下午,渤海和黄海北部的海面上,将有六到七级的大风;夜间,风力将增强到八级到九级。请沿海渔民弟兄们注意!请沿海渔民弟兄们注意!"

"听见了没有?"老渔民笑嘻嘻地看着小丹珈说,"这不是海娘娘在向咱们报告天气了吗?还有,你看。"说着,老渔民又向东面指了一指。

小丹珈顺着他的手望去，就看到东面的海军码头上，停泊着一排排灰色的舰艇，舰艇上的五星红旗在海风中拂拂地飘动，非常威武。远处，在那水天苍茫的大海的上空，一群迎着日光闪闪发亮的喷气式飞机，像海燕似的在盘旋飞翔……

"好孩子，你看见了吗？"老渔民拍着小丹珈的肩膀，慢腾腾地说，"那海上跑的，天上飞的，不都是海娘娘吗？每当咱们渔民在海上遇到了事儿的时候，他们立刻就会赶到你的身边来搭救你。今年春天，我们这一队渔船，在刘公岛以东的洋面上打鱼，遇上了大风，来不及回港。那风啊，可真厉害，这么粗的桅杆，咔嚓一声就刮断了。大浪像小山一样，劈头劈脑地压了下来，小船就像树叶似的在风浪里漂荡，眼看就要扣瓢了。正在这个节骨眼儿上，咱们的兵舰来了，飞机也来了。冒着大风大浪，兵舰一个劲儿地往咱们渔船这边靠拢；那飞机就像走马灯儿似的，一个劲儿地围着咱们的渔船飞。飞得那个低呀，简直就要碰着浪花了。好，不一会，咱们一个队的渔民全都救到兵舰上来了，连船也都拴在兵舰后面安安稳稳地回到了港口。你说，这不是海娘娘是什么？唵？"

老渔民的这一席话，点醒了小丹珈。

于是，在她那幼小的心灵上，那曾经深深地苦恼着她的窒息了好多天的想象的翅膀，一下子飞腾起来了。于是，她画出了现在的这一幅画。

这幅画，立刻得到了渔民们的称赞。他们一齐高兴地说：

"好孩子，画得好极了。正是这样，正是这样的。"

我再仔细地看看这画，只见画面的右上方，还题着一首小诗：

　　娘娘从未见　却有真"海神"

出海知天时　遇难有亲人
红日高高照　碧海处处春
丹珈实感动　绘图颂党恩

看着这画这诗，回味着老渔民的话，我的心里也情不自禁地激动起来，高兴地说：

"好孩子，你画得好，正是这样，正是这样的。"

这时候，太阳已经从那苍茫无际的大海里涌了出来。那又红又大的日轮，光芒四射地向碧空中冉冉地升腾，立刻，东方的大半个天空，辐射出万道明亮的光柱，整个的宇宙山川，都染上了一层柔和的美丽的霞光。大海，仿佛是燃烧起来了，曜曜地闪烁着一片浩瀚无际的红光。在这浩瀚无际的红光中，有一条特别红特别亮的光的大路，从海边上一直通到太阳的下面……

沐浴在这柔和温暖的红色霞光里，望着这样绚烂壮丽的海上日出的景色，人的心里，感到了无比愉快舒畅。

"啊，真美呀！"小丹珈眯缝着眼睛，望着那霞光万道的太阳说，"到什么时候，我才真正能够把这壮丽的景色描绘出来呢?"接着,她又连连地摇着头说,"不,不,不可能的,谁也画不出来。因为它太伟大了,太伟大了!"

一九六二年十月十八日凌晨三时至
五时半急就,二十四日修改。威海

看 瓜

一

月亮上来了。

是一轮银盘也似的满月。

哦,今儿个是农历的六月十五,怪不得它那么圆、那么大呢。它慢腾腾地不慌不忙地从东面那黑乎乎的山顶上升腾起来,立刻,满山遍野都洒上了一片朦朦胧胧的橙黄色的亮光。

是的,橙黄色的,那月亮刚出山的时候,是橙黄色的,甚至有点儿淡红色呢。可是,随着它渐渐地升高,那橙黄色也就渐渐地变白了,也渐渐变小了。到它爬上中天的时候,它就更加皎洁更加明亮了。而这时的山野,就像洒上了一层银光,近处的树木、远处的山峰,全都笼罩在这银光之下,呈现出一派既清晰、明亮,而又空灵、柔和的景色。

美极了。

我一动不动地坐在瓜棚上,脊背靠着木柱,仰着脸,眼睛定定地望着那冉冉上升的月亮,心里有着一种说不出的滋味。是高兴,是忧愁,是沉思默想,又是什么都不思不想……

已经是第三个夜晚了,我在这远离村舍阒无人烟的荒山野岭上看瓜。

这山岭名叫西南坡,是耸立在我们村庄西南面的一座高山。山上林木茂密,遍布着松树、柞树,山谷里是水流湍急、水声聒耳的哗啦湾。我家的瓜田,就在那四面树木环绕的山顶之上。这是一片面积为一亩三分的山坡地,地层脊薄且多沙砾。这地种庄稼不长,却唯独适宜于种瓜。这地里长出来的甜瓜和西瓜,都是沙瓤的,而且特别香,特别甜。所以,每一年春天,父亲都要在这块地上种上甜瓜和西瓜。每一年夏天,我都要和父亲一起,到这块地里搭起一个瓜棚来看瓜。而且到了瓜熟上市的时候,我又和父亲一起到郭城集上去卖瓜。

啊,瓜,多么好的瓜呀,它们是那么可爱。从下种到发芽、开花、结瓜到成熟上市,我一直眼睁睁地盯着。我熟悉它们整个的生长过程,像熟悉我自己的弟弟、妹妹一样,对它们的脾性、爱好以及它们的每一步成长,都怀有深切的感情。春天天旱,我和父亲一起浇着从山下哗啦湾里挑上来的泉水,把种子下土。几天后,当我看到两片嫩黄的芽儿,鼓起了干燥的地皮,迎着阳光露出了地面的时候,我的心里,简直像开了花似的,说不出有多么高兴。以后,随着那瓜蔓的生长,该打杈了,压蔓了。这些活儿,我全都会干,而且干得很好。父亲夸奖我心灵手巧,从没有打坏了一根杈儿,没压坏了一枝蔓儿。可我心里清楚,不是什么心灵手巧,而是我对它们有感情,不知怎的,我觉得它们是那么可爱。就说那西瓜叶子吧,它们的形状是那么美,那么好看。每一片叶子,都像一个精巧的镂空的多角图案,颜色绿中泛白,像涂上了一层银粉。花儿是淡黄颜色,像一支支小喇叭,对着天空开放。甜瓜呢?叶子比西瓜叶子绿,花儿也比西瓜花儿黄,却都同样十分美丽、好看,惹得那一群群翅膀上、后腿上都沾满了黄色花粉的蜜蜂,在瓜花中飞来飞去钻出钻进,发出一片金属般的嗡嗡的声音。嘀,好听极了!

随着那一阵阵春风，一场场春雨，瓜花儿凋谢了，坠落了；但在那瓜花坠落的同时，一个个小小的瓜妞儿，却像一个个小生命似的诞生出来了。那初生的妞儿，身上长满了一层粉白色的毛茸茸的茸毛，从浓密的叶丛中，探出了那小巧的稚气的小脑袋儿，朝沐晨露，暮迎夕阳，活像一个幼稚淘气的婴儿，瞪大了好奇的眼睛，望着这个她刚刚涉足其间的神秘的世界。

这时候的瓜儿，是十分可爱的，也是十分脆弱的。它每每遭受外敌和自然界的侵蚀。比如蝼蛄蛴螬会啃啮它那娇嫩的皮肤，冰雹也会把它打得遍体鳞伤。因此，我就常常守护神似的守护在它的身边，一个个一遍遍地仔细检视着它们、护理着它们，不让害虫咬、避免冰雹打……

眼看着它们随着夏天的到来，一天天长大了，脱去了身上的茸毛，变成了一个个圆滚滚的大西瓜——黑皮的身上泛着一层白粉，花皮的身上有着深绿色花纹；一个个油光光的大甜瓜：羊角蜜，长得像一只羊角，上尖下粗，弯弯着腰，黄色的外皮，打开来，露出粉红色的瓜瓤儿，紫红色的瓜籽儿，咬一口，满嘴淌蜜；青皮脆，翠绿色的瓜皮上长着一条条黑纹，打开来，奶白色的瓜瓤儿，像水嫩欲滴的奶酪，甭说有多甜了；还有一种叫大面儿墩，个头长得特别大，长长的、黄黄的，像个枕头，吃起来面面的，像吃馒头似的，简直可以当饭吃。

这些甜瓜都喷散着扑鼻的芳香，随着那一阵阵山风，这瓜田的清香，可以飘散到很远很远的地方。闻到这浓郁的香味儿，人就简直要醺醺欲醉了。

这时候，别提有多么惬意、多么高兴了。

那每一只瓜儿，就都像你的生命中的一部分似的，你眼睛看着它，心里美滋滋的。我总觉得，它们都是有生命的精灵儿，我从心眼儿里喜欢它们。我根据它们的模样长相，给它们起了种种离奇古怪的名字，有的叫小花狗，有的叫小黑鬼，有的叫大胖孩，有的叫老怪物……

当山野空旷我一个人感到寂寞的时候，当风骤雨狂我看到瓜蔓儿被刮得乱七八糟的时候，我每每用手抚摸着那一个个瓜儿，动情地喃喃絮语，和它们拉起呱来。虽然它们从来未和我对过话，但我却觉得它们都在细心地倾听着我的唠叨，甚至在会意地默默点头呢。我相信：它们也有生命，也有感觉，也有痛苦和欢乐。不信，你瞧，连续几天干旱，火辣辣的骄阳像烤着大地的时候，它们就会低垂下枝叶，显得一副萎缩痛苦的样子；而当一场甘霖过后，它们立刻就会昂首挺胸，把那一片片嫩绿的顶芽儿、含着晶莹的水珠，向着碧蓝的天空频频点首致意，表示感谢。这时，你如果走近它们的身边，俯下身子，你仿佛会听到它们的根部在欢快地吮吸着地上流水的咕咕声……

啊，多么可爱的小精灵们！

今年春天雨水充沛，气候适宜，这瓜，长得分外好。那西瓜地里，叶蔓茂密，一个个又大又圆的西瓜，躺在地上，从那泛着一层粉白色的叶子空隙中露出头来迎着太阳，闪闪发光。甜瓜地里，叶子绿得发黑，那发了黄的羊角蜜，在绿叶的掩映下，伸出了金光闪亮的脑袋，望着碧空，望着太阳，望着山野，望着我和父亲。我总觉得它们在向着我点头微笑，于是，我也就情不自禁地去拍拍它们，抚摸抚摸它们。

夏天到来后，瓜妞儿一天天长大了，于是，父亲就在瓜田头上搭起一个棚子，开始看瓜了。

看瓜，是最叫人高兴最令人惬意的事。不知怎的，我对看瓜有那么大的兴趣，有那么深刻的印象。至今想来，犹感非常令人陶醉、向往。

不是吗？白天，尽管三伏天骄阳似火，但山上却凉爽异常，尤其是坐在那瓜棚里面。这瓜棚没有门窗，只是四根木柱撑着一蓬山草棚顶，因而四面通风。那一阵阵凉爽的山风，不住地吹拂着，吹得人的身上是那么舒畅。山上很静，静得可以听见山下小溪里的哗啦哗啦的水声；山坡的树林里，鸟儿在叫，蝈蝈也在叫……这种种声音，随着那一阵阵山风，忽高忽低，忽近忽远，把人们带进了一个美妙的梦幻般的世界。而当黄昏来临的时候，西天边上，抹上了一片绯红色的晚霞；那远处的淡蓝的山峰，近处的碧绿的树木，全都罩上了一层柔和的粉红色的霞光，好看极了。这时候，鸟的叫声停止了，蝉的叫声停止了，蝈蝈的叫声也停止了；但在山坡的草丛中，瓜田的瓜蔓下面，却响起了清朗响亮的蟋蟀的叫声：

曜曜曜——

曜曜曜——

像在操场上有人吹起了金属的哨子。

夜来临了。

萤火虫开始在山野间、在瓜棚周围飞舞起来了。它们像从夜空中飘散下来的星星，那蓝晶晶的星花儿，忽高忽低忽上忽下无声飘荡着、飘荡着……飘过了山冈，飘过了树丛，飘过了瓜田，飘过了瓜棚……

啊，多么迷人的景色！

每到这种时刻，我总是静静地坐在瓜棚里，眼睛一动不动地望着那西方的天空，看着绯红色的晚霞在西天边上渐渐消失，灰蒙蒙的暮色从四面八方渐渐地合拢；望着那流星般的萤火虫儿，在瓜棚周围飘来飘去，心里充满了无法形容的恬静愉快的滋味。这时候，我会忘记了人世间的一切烦恼和不幸，甚至也忘记了自身的存在，仿佛我整个的肉体和灵魂，也和这优美的夜色融化为一体了。又仿佛，我也变成了一只闪烁着蓝晶晶亮光的萤火虫儿，随着那清新的山风，轻盈地飘上飘下，飞来飞去，飞过了山冈，飞过了树丛，飞向了那深不可测的繁星密布的夜空，融入了乌蓝的夜空中，变成了无数颗眨着眼睛的亮晶晶的群星中的一颗……

啊！没有比这更惬意的了。

现在想起来，还兀自觉得心在颤抖，全身像喝醉了酒似的醉醺醺暖洋洋的，又仿佛回到了那个黄金般的童年，回到了那个充满恬静愉快、诗情画意的瓜棚之夜……

二

常言道：天有不测风云，人有旦夕祸福。这充满了恬静愉快、诗情画意的瓜棚之夜，也会突然变了样儿，变得难熬难挨恐怖可怕了。

那是因为我的父亲突然生了病，他一连几天，发高烧不退，躺在家里，不能和我一起到山上来看瓜。这样，我这个才十一二岁的孩子，就不得不一个人在这荒山野岭上胆战心惊地度过那漫漫的长夜了。

白天倒还可以将就过去，尽管孤寂大于恐怖；而一到夜间，那光景可就难熬了。那西天边上晚霞的红光，竟然变得那么可怕，使人想起了血的红光。那随着暮色降临的远山近树的黑乎乎的影子，更令人恐惧，使我老觉得那里隐藏着什么妖怪。

月亮上来了，它的脸是那么苍白，我觉得它仿佛也被这孤寂可怕的夜晚吓得脸都变了色。

那纷纷扬扬的萤火虫呢，我忽然觉得它们都是些不怀好意的小精灵们，它们围着瓜棚飞呀飘呀的，很可能是在搞什么鬼名堂，或者是要把什么更厉害的鬼怪引过来。

蟋蟀的叫声也不那么悦耳动听了。它像是在呻吟,在哭泣……

总之,这是非常恐怖的夜晚,难熬的夜晚。可是,有什么办法呢!甜瓜、西瓜都快熟了,正是紧要关头,一家人还指望着用它来维持大半年的生计呢。父亲又重病在炕,我不来看瓜谁来看瓜呢?弟弟妹妹都小,还能指望他们吗?虽然我那时也不过才十一二岁,但我却义不容辞地担负起代替父亲的责任。

我百无聊赖地坐在瓜棚里面,看着那在夜色中渐渐消失了的远山的轮廓,看着那东山背后泛着初升的月光的白蒙蒙的夜空,看着那深不可测的苍穹中的蓝晶晶闪闪烁烁的星星,看着瓜田四围那黑乎乎阴森森的松树林,心里充满了恐惧。一只不知是什么的野兽在灌木丛中跑过,响起了一阵刷刷的声音,我就听得全身一阵战栗,身子紧缩在一起,手里紧紧地捏住那杆磨得十分锋利的红缨枪。一只猫头鹰在松林深处叫了起来:

咕咕妙,咕咕妙,

咕咕咕,

哈哈哈哈……

它那阴森森的笑声,在寂静的夜里,显得特别恐怖,令人毛骨悚然。不知怎的,我老是觉得它这幸灾乐祸的笑声不怀好意,是在呼唤妖魔鬼怪。因此,我更觉得那黑乎乎的林莽中,仿佛有许多可怕的妖怪隐藏在那里,随时都会钻出林莽向我扑来。月亮上来后,风吹树动,树影摇摇晃晃,月光下,影影绰绰,更像是有许多怪物在林间活动,更叫人毛骨悚然。我屏住气息,连大气也不敢喘,生怕弄出声音来被妖怪们发现。可心里又在想:如果这时候有人来偷瓜,可该怎么办?躲着呢还是出来?躲着?熊包!那算什么看瓜?算什么男子汉?

我暗暗地责备着自己,却又暗暗地希望着千万别有人来偷瓜。但转又一想：要是真的有人来偷瓜，也许还会使我胆壮一点——人，总不能像妖魔鬼怪那样可怕吧？想到这里，我倒真的希望今夜能有个人来光顾这瓜田了。甚至我想：我不但不损他，反而会送几只瓜给他，只要他能和我在这荒山深夜的瓜棚中说说话儿，伴着我度过这恐怖的夜晚就行了。

咳，人的思想感情，是多么复杂、多么矛盾啊！

小孩子也不例外。

说着曹操，曹操就到。

正当我担心而又希望着有人来偷瓜的时候，果然就听到瓜田里传来了一阵刷刷的响声，这声音来自瓜田北面的地边上。我瞪大了眼睛，向着北边望去，只见在那靠近灌木丛的瓜田边上，月光下面，有一个黑乎乎的影子在晃动。

我的心立刻急剧地跳动了起来。

这究竟是人还是鬼？

我究竟是躲着还是冲上去？

有那么片刻的犹豫，最后还是把心一横，硬着头皮跳下了瓜棚，端着红缨枪，向着北边走去。

一旦上了阵，胆子就会越来越壮。这时，我什么都不怕了，只想着去保护瓜田，不负爹妈的期望，俨然一个御侮卫土的勇士。

我沿着瓜田东侧的田埂，在灌木丛的掩护下，蹑手蹑脚地向着北边迂回过去，眼睛还紧紧地盯住那黑乎乎的影子。那黑影似乎并未发现我，它匍匐着身子，像是一只狗的样子，低着头，发出一阵呱唧呱唧的声音，像是在吃什么东西。我猛地蹿了过去，一拧红缨枪，刺中了那东西的屁股。只听得那东西尖叫了一声，就转回身去，奔出了瓜田，向着灌木丛中逃去。啊！原来是一只狗獾子。

我走到近前弯下腰一看，一只又大又熟的羊角蜜，被这畜牲吃去了大半个。

我气得不行，真恨自己有那么一刹那的胆怯和犹豫。要不，这羊角蜜保证不会被吃掉，说不定那狗獾子也早被戳死了哩。嘿，戳死个狗獾子，该多有意思。这一来，我一定会像英雄一样受到人们的赞扬。

想到这里，我的胆量忽然大了起来，真有点雄心勃勃地想创造一番英雄业绩呢。

可是，狗獾子再没有出现。这一夜，就那么风平浪静地过去了。

我倒反而觉得有点索然寡味，不过瘾了。

三

残月西斜，万籁俱寂。

下半夜的时候，我倚着瓜棚的木柱，不知不觉地睡过去了。一觉醒来，天已经大亮了，明晃晃的阳光，照耀得那被露水打湿了的瓜叶闪闪发光。那黄澄澄的羊角蜜，也像镀上了一层黄金，从绿叶底下探出头来，变成了一颗颗金光耀眼的金瓜了。

山间清晨是那么清新，瓜田里到处弥漫着浓郁醉人的瓜香。

小鸟在树丛中叫得正欢，野鸡也在草丛中咕咕地叫着。一只刚出生不久的小野兔，弓着它那褐色绒球般的身子，一蹦一跳地奔到了瓜棚下边，瞪着一双黑宝石似的眼睛，天真地看着我。我刚要伸手去抓红缨枪，它就像褐色的闪电似的，身子一蹦，不见了。

我从瓜棚上跳了下来，揉揉惺忪的眼睛，深深地吸着新鲜的空气，心里充满了愉快之感。夜间开始时的那种紧张、恐惧完全消失了，有的只是完成了一桩英雄业绩的自豪感。

又想起那只被我戳伤了的狗獾子来了。

又情不自禁地循着昨夜的路，走到了那戳伤狗獾子的地方。那里瓜叶子一片狼藉，被狗獾子吃剩下的半只羊角蜜还歪在瓜叶下面，粉红色的瓜汁流到了地上。

我心痛地弯腰拾起了这只瓜。就在这时，我忽然看到，就在这只残瓜的旁边，在另一根瓜蔓上，有三只很大的已经成熟了的羊角蜜不见了，只剩三只瓜蒂把。咦，奇怪，昨天傍晚，我还看到这三只羊角蜜和那只被狗獾子啃了的羊角蜜在一起，我还逐个地用手弹了弹它们。它们全都熟了，于是我就用瓜叶把它们都覆盖起来，为的是防止有人来偷。怎么现在突然不见了呢？

我弯下身去，仔细地察看那三只瓜蒂把，只见那瓜蒂把上，还在向外渗着淡绿色的水汁。这证明，摘下这瓜的时间，不会太长，也就是在天傍明之前我沉睡着的那一阵儿。

这瓜究竟哪里去了呢？

肯定不是狗獾子干的。因为狗獾子只会用嘴啃，而不会用爪子摘。

只有人才会用手把瓜从瓜蒂上摘下来。

那么这又是谁干的呢？

说是小偷吧，可是小偷决不会只摘去这三只瓜。说是路过这里的行人吧，可是深更半夜，谁会在这荒山野岭无路可通的地方行走呢？

我再仔细地看看地上，这几天，天干没下雨，地上的土很硬邦，看不出有什么脚印儿。只是在地边上，有一处被踏破了的土坎儿，有几片被踏倒了的山草，很明显，这是人走过的痕迹。这人，又会是谁呢？

既纳闷这难解的谜,又心痛那心爱的瓜。

这瓜,是我和父亲辛苦地栽培出来的,它们中的一枝一蔓,都蕴藏着我的心血和情感,每一只迎着阳光微笑的瓜都牵动着我的心。几个月来,日日盼、夜夜盼,盼望着这瓜儿早点成熟,好挑到集上去换几个钱,买几升苞米、谷子,一家人充充饥;好不容易盼到了这一天,可倒好,一夜之间连人带獾,就糟蹋了这么多的瓜,而且又是在我看瓜的这一夜里。咳,真是不中用的东西,父亲、母亲知道了,该要多么难过;弟弟妹妹知道了,该要怎样笑话我!

整整一天,我都没精打采,回家吃饭的时候,话也不愿说,饭也吃不下,妈妈还以为我夜间在山上没睡好呢。她叫我在家里睡一会儿,可我哪里能睡得着呢?

我草草地收拾了点干粮,就又回到了山上的瓜棚里。我下决心,一夜不睡,也要看住那瓜。

这一夜,那黑乎乎的丛莽,影影绰绰的树影,闪闪烁烁的萤火虫,不断发出阴森恐怖笑声的猫头鹰……虽然和昨天夜里一样,使我毛骨悚然,紧张万分;但是,那对瓜儿丢失的担心,却远远地超过了这恐惧。我手里紧握着红缨枪,耳朵警觉地捕捉着一切声响,眼睛不住地四处搜索着一切可疑的迹象,只要一发现目标,我就会不顾一切地冲上前去。

大半夜过去了,什么动静也没有发现。不但狗獾子没再来,甚至连只小山兔都没有看到。只有那山中流水潺潺,树林里树叶儿飒飒,瓜棚下蛩声唧唧,月光下树影儿晃动,草丛中萤火闪闪……

但我仍然全身像绷紧的弓弦似的,一刻不停地紧张地注视着瓜田,幻想着一枪戳死狗獾子的快感,却又恐惧着那神秘的偷瓜人的出现。

也许是过分紧张的缘故吧，也许是连续熬夜的缘故吧，到天傍明的时候，我不知不觉地睡着了。一觉醒来，太阳已经老高了，四周一片蝉和鸟儿的叫声。

我睁开眼，火烧屁股似的一下子就蹦下了瓜棚，沿着田埂，急急忙忙地到瓜田里巡视起来。巡视的结果，没有发现狗獾子啃瓜的迹象，却在北面的瓜田边上，看到了有三个还在流着淡绿色汁水的瓜蒂把。

咦，不多不少，又是三个，和昨夜里一样：三只又大又熟的羊角蜜不见了。

奇怪，这究竟是谁干的呢？

肯定不是小偷：小偷不会每次只偷三只。

也不是行路人，行人过路而去，不会再重复来摘去这同样的数目。

一个可怕的猜测，闪过了我的脑际：鬼！

啊，鬼。村里的人都说，这西南坡下面的老茔盘里犯凶，有鬼。说不定，这摘瓜的事，就是老茔盘里的鬼干的。想到这里，我的全身冒出了冷汗，吓得不行。我简直不敢再在这山上看瓜了，真想立刻跑回村子里去告诉父亲。可是转念又一想：父亲病得那么厉害，告诉了他，他又不能到山上来看瓜，心里干着急，岂不是更加重了他的病情！再说，究竟是不是鬼，也很难说，何必大惊小怪自己吓唬自己呢？还是应该看看再说。想到这里，我的心里也就宽松了许多，胆量也就壮了一些。我下定决心：今儿个夜里，一定不要睡着，非弄个水落石出不可！

回到村里吃饭的时候，妈妈心疼我连着几夜看瓜，太辛苦，特地煮了两个鸡蛋给我吃。爹还问我，夜里一个人在山里怕不怕，我说："不怕，怕什么？"

我没有告诉他那奇怪的丢瓜的事情，也没有提起老茔盘犯凶的事情。只是在吃过晚饭以后，我向父亲提出：把那支双筒牛腿炮给我带上。

这牛腿炮，名字叫炮，实际上是支土造手枪。它长约一尺，枪柄呈长圆形像只牛眼，故名牛腿炮。两个炮筒内装着火药和铁砂粒，可以放射两次。这枪是我父亲请铁匠打的，他夜间看场或看瓜时都带在身边，作为防身之用，他很爱惜这枪，平时，他从来都不准许我动一动这枪的；今天夜里，听我要求把这枪带上，他先愣了一下，问我道：

“你要这枪做什么？”

“壮壮胆呗。”我回答。

“是不是夜里有什么动静？”

“没有。”我摇摇头。

父亲沉吟了一下，又问道：

“这枪你会放吗？”

“会，”我说，“我已经放过几次了。”前些日子，父亲不在家时，我就已经偷偷地放过几次，今儿个也只好照直说了。

父亲并没有责备我，他似乎理解我的心情，可怜我一个人在山上看瓜，就以十分亲切关心的口吻说：

“拿去吧。可是千万要小心，别走了火！”

我高兴地拿起牛腿炮，把它往腰带上一插，就往门外走去。

“回来。”父亲又叫住了我，叮咛道，“就是看见了有人偷瓜，也不要轻易放枪。不到十二万分，是不要伤人的，除非你遇到了危险。记住了吗？”

“记住了。”我深深地点了点头，转回身去，大步地向村外奔去。

黄昏来临了。

西天边上，抹着一片火红的晚霞，活像嚯嚯燃烧着的火焰。

这晚霞的红光，映照着山峰，那青翠的山峰，就变成了紫红的颜色。碧绿的松林、灌木丛、瓜田，也都反射出紫红色的光。那奔腾在山谷间的淙淙溪流，则活像一条流动着的火焰；那喷珠吐玉般四处飞溅的水花儿，则像一团团向四处飞散的火星儿……

晚霞燃烧着山川田野，晚霞也燃烧着鸟儿们的心。结束了一天飞翔劳碌的各种各样的鸟儿，浴着霞光，在树林里，唱起了快乐的歌。那成千上万只小巧的喉咙，奏出了喧声震耳的大合唱，把整个的森林山野，变成了一个热闹非凡的音乐的王国。

当我赶回瓜棚的时候，这鸟儿闹窝的大合唱，正是高潮。我躺在瓜棚，眼睛凝视着西天边上火红的晚霞，耳听着那森林里的沸腾般的鸟鸣，心里充满了愉快、自豪的情感。我为早晨那一度胆怯的情绪而羞惭，又为战胜了这胆怯而自豪。我觉得：我不告诉父亲瓜田里前两夜发生的事情是对的，我应该把家庭的重担分担起来，让可怜的父亲好好地休息几天；等事情有了眉目之后，再告诉他也不迟。反正，我不能使他在这时刻为我和瓜田操心。我不能带累他，我应当像个男子汉那样，我，正是这样做了。

天渐渐地黑下来了。

西天边上的晚霞，像渐渐熄灭了的火焰似的，由火红的颜色而渐渐变成了绛紫色、暗红色，最后就变成灰黑色。那紫色的山峦、树林、瓜田、山野，也变得苍苍茫茫，灰暗一片。大地和天空，被这苍茫的暮色融合为一体了。随着这夜色的降临，鸟儿们也都停止了歌唱。喧嚣的森林突然寂静下来了；仿佛那千万只鸟儿突然一下子都沉睡过去了，整个森林、山野全都沉睡过去了。

只有山涧的溪流，还在叮叮咚咚地歌唱。

浓重的夜色，笼罩了大地，黑暗统治了一切。

随着这黑暗的来临，猫头鹰又开始叫了起来。

这鬼东西，总是在黑夜到来才逞能逞强。它那阴森森的笑声，总是给这黑暗的夜增添了恐怖的气氛。但是，今天夜里，我似乎不像第一天夜间那样恐惧那样紧张了。

也许是牛腿炮的缘故吧。

对，牛腿炮，确实给我壮了胆。

不管怎么厉害的人，也经不起它的轰击，那一腔铁砂子喷出来，准能把他打得稀烂。就是鬼，也怕它这霹雳般的响声……

哟，我又想起了鬼。

赶紧把这想法驱散开去。

我仰起头来，望望天空。乌黑的夜空中，出现了亮晶晶的星儿。一颗、两颗、三颗……

星星越来越多了。数也数不清。

这星光，这月亮，冲淡了浓重的夜色，也减轻了我的恐惧。

有光明，就有希望。有希望，就有力量。

我一手握着插在腰带上的牛腿炮枪柄，一手握着红缨枪，迎着山风，浴着月光，在瓜田中走来走去。我决心今儿个夜里一夜不合眼，一刻不停地在瓜田里走来走去，看看到底是谁有那么大的本事，能在我的眼皮底下把瓜摘去！

我一面走着，一面暗暗地给自己壮着胆，打着气：不怕，不怕，不管是獾是狼，是人是鬼，我都不怕，什么都不怕。我有红缨枪，有牛腿炮，一枪能把它戳个窟窿，一炮能把它轰得稀烂……

这么一遍又一遍地暗暗地想着说着，胆量也确实大得多了。这就叫有恃无恐吧。

月亮越升越高了。

脚下的瓜田，山上的树木，全都照得明晃晃的。远处的山峰，也在月光下，朦朦胧胧地显出了它那淡淡的轮廓，活像一幅水墨画儿，煞是好看。

尽管从很小的时候起，我对于自然景色，就十分敏感、十分迷恋——我常常一个人坐在山坡或村边上，长时间目不转睛地看那日出日落、月圆月缺；可是，对于今天夜里这迷人的月色，我却无心欣赏，更不迷恋，我全身心都用在这守卫瓜田上面。我瞪大了眼睛，搜索着瓜田周围一切可疑的阴影，绷紧了耳膜，谛听着四面八方一切不正常的声响。

也许是神经绷得过分紧张了的缘故吧，也许是不停地走来走去身体过于疲倦了的缘故吧，时间还不到半夜，我就觉得眼前的景物渐渐模糊起来。那淡淡的远山，那黑乎乎的松林，连同那天上的星星、月亮，都像那倒映在活动的水中的影子似的，摇摇晃晃，闪闪烁烁，糅合成一团模糊朦胧的影子。腿也变得软绵绵的，脚像绑上了一块大石头，简直迈动不得了。真想爬到瓜棚上去睡上一觉。可脑子里却还在下意识地告诫自己：不能睡，千万不能睡，撑住，今夜里一定要撑住！可想是这么想，那头脑和身子却不由自主地继续越来越模糊，越来越沉重。正在这时，突然一个奇怪的响声，把我从迷糊中惊醒。

这声音来自瓜田东边的树丛里，是石子滚落山坡的声音，这声音像尖刀似的刺得我全身猛地一震，疲倦、睡意完全消失了，全身紧张得每一根神经都绷了起来。我瞪大了眼睛，紧盯着那发出响声的地方。那儿是一片黑乎乎的树林，月光下，树枝在山风中摇曳，那月光照不到的丛林深处，是浓重的阴影，漆黑一片，什么也看不清楚；但也没有再次发出什么声音，只有风吹树叶和山草所发出的一派飒飒声响。

也许是什么野兽走路时踏翻的石子滚下山坡吧？

突然，在那丛林深处的浓重的黑暗中，有一点亮光一闪一闪。那亮光，蓝幽幽的，忽上忽下忽左忽右地飘动不定。开始时，我还以为是一只萤火虫，可是很快地，我就觉得这猜想不对了。因为它不但比萤火虫大，比萤火虫亮，而且也比萤火虫飞得快。它一眨眼的工夫，就从那黑乎乎的林莽深处飞了出来，飘飘悠悠地越来越大，越来越向瓜田靠近。

啊，我明白了，这是鬼火！

常听到村里的人说，在老茔盘一带，夜里常常有鬼火出来，遇到有人走路的时候，它还会跟在后边追，不管你跑得怎么快，都不能把它甩开，它会紧紧地跟在你后面追赶不放。

天哪，想不到今夜在这里遇上了鬼火。

我吓得全身都冒出了冷汗，眼睛紧盯着那飘飘悠悠地向着瓜田越来越近的蓝光。我仿佛看见了那蓝光的下面，有一个披头散发的恶鬼，正在悄无声息地向着瓜田飘来。一刹那，我真想逃离这瓜田，可又不敢跑，逃跑肯定会更糟。最后，我咬了咬牙，把心一横：豁上啦！

我握紧了手里的红缨枪，站定了脚跟，准备迎击那向这飘来的鬼火。正在这时，我忽然听到身后有一下轻微的响声，我本能地感到有什么东西从我的身后袭来，刷地转回身去，果然看到有一个黑乎乎的影子向着我逼近过来。我一个箭步猛蹿过去，一拧红缨枪，就向着那黑影刺去。

"好家伙！"随着一声低低的喊叫，那黑影敏捷地往旁边一闪，躲过了我的枪刺。又反手一抓，抓住了我的枪杆，用力一拉，就把我拉了一个跟头，险些跌倒在地上。我赶紧从踉跄中站直了身子，一只手紧抓住枪杆，另一只手伸向腰间去掏那牛腿炮。可是我还没把牛腿炮掏出来，早有一只更有力的手抓住了牛腿炮的木柄，从我手中夺走了。与此同时，红缨枪的木杆也从我的手中被抽走了。

我完全被解除了武装。

我气极了，弯下腰去，就抓住那人的胳膊，狠狠地咬了一口。

那人却既不喊痛，也不缩手，好像没有感觉似的。我不由得心里一惊：莫非真的遇上了鬼不成！

我把身子向后一缩，仰起头来，仔细地看了看这黑乎乎的怪物。月光下，只见他穿着一身破烂的黑布衣裳，从头到脚，全是黑咕隆咚的一条，活像戏台上见到的黑无常。他的头发又乱又长，活像那女人的头发，蓬蓬松松地一直披散在肩膀上。脸上的络腮胡子，也是又乱又长，毛扎扎地遮住了大半个脸。一对在月光下闪闪发光的眼睛，从那满头长发和满脸胡须当中，滴溜溜地直盯着我。

我不禁全身一阵颤抖，尖声地喊了起来：

"啊，鬼！"

随着这撕心裂肺的惊叫，我只觉得眼前一阵发黑，就什么也不知道了。

四

我不知道我昏迷了多长时间，醒来的时候，睁开眼睛，首先看到的是那乌蓝的夜空中的满天星斗和那已经爬上了中天的银光四射的月亮。我觉得我的身子是躺在什么地方，转动着头一看，却原来是仰卧在瓜棚上。咦！我是怎么躺到瓜棚上来的呢？刚要爬起身来，就看到有个黑乎乎的影子，俯到我的身前，低低地说：

"你醒了吗?"

我向上一看,又看到了那张披头散发毛扎扎黑乎乎的脸,它离我那么近,简直快要凑到我的脸上了。那一双亮晶晶的眼睛,直盯着我,我不禁又尖叫了起来。

"别叫!"他赶紧用手捂住了我的嘴,一面低低地但却很亲切地说,"小家伙,你别害怕,我不是鬼,我是人。"说着,他拉着我的手,伸到他的胸前说,"不信,你摸摸我身上是热的。"

那身子,果然很热,而且感觉到他的心脏在均匀地跳动。是的,听人说鬼的身上是冷冰冰的。

我一翻身爬了起来,看着他那黑乎乎毛扎扎的可怕的脸,心里还是有些将信将疑,但胆子毕竟比刚才大了一些。于是,我怯生生地问道:"你说你是人,为什么我咬你,你不觉得痛?"

"哈哈,人身都是肉长的,哪能会不觉得痛呢?"他笑着说道,"那是因为我习惯了,我早就经过了比你咬得更痛的事。"说着,他解开了衣服,露出了上身,说,"你看。"

月光下,我看到他的胸膛上、脊背上,到处是一条条紫黑色的凸起的伤痕,看得出,那是鞭子抽打的伤痕。腋下,在胳膊窝的地方,却是焦黑一片,血肉模糊。简直不敢看,也不忍看。

"这里是怎么的?"我惊异地问道。

"香头烧的。"他低沉地答道。

哦,我明白了,也相信了,他的确不是鬼,是人。

"你是在哪儿受的刑罚?"我问。

"地狱里。"他气呼呼地答道。

我的心又紧缩起来了,惊讶而又诧异地望着他。

"你别怕,我不是鬼。可我差点儿变成了鬼,那个地方比地狱里还要坏。"

"那是什么地方呢?"我困惑地问道。

"海阳城的大牢里。"他转过头去,望着南面那云山迷茫的远方,眼睛里闪烁着火星般的亮光,"统统是一群疯狗,有朝一日,我非收拾了他们不可。不报此仇,誓不为人!"

接着,他愤愤地吐了几口唾沫,就回过头来,以温和的口气对我说:

"小家伙,我实话告诉你说吧,我是从县城的大牢里逃出来的。在这下面的山洞里,躲了两天两夜,将息一下身子。肚子饿了,没吃的,只好来摘你几个瓜垫垫肚子。我没钱给你,那就赊着吧,以后我会来还你的。只要我死不了,我一定瞒不了你的。我是说一不二的……"

"你快别说了。"我打断了他的话,只觉得心里热乎乎的,"几个瓜又算得了什么呢?你就尽管吃吧,能吃多少吃多少。我这就去摘。"

他笑了,连连地点着头说:

"好孩子,你的心真好,够朋友。来,我和你一起去摘。"

于是,我们就一起到瓜田里摘起瓜来了。

看得出,他对拣瓜很在行。只见他弯下身子一弹,就知道这瓜是不是熟了。

我不禁好奇地问道:

"你也种过瓜吗?"

"种过,我什么活也干过:看牛、扛活、种地、打鱼、晒咸盐、扛大包……什么活没干过?什么罪没遭过?可到头来,咳,不说啦。吃瓜。"

他把摘下的瓜,也不拿回瓜棚,就在瓜地里蹲着吃了起来。

看得出,他的确是饿极了,那么大的一个青皮脆,足有一斤多,他三口两口就吃了下去,真是狼吞虎咽!只听到牙齿咬嚼甜瓜的一片清脆悦耳的响声,那蜜一般的瓜汁,顺着他的胡须蓬松的嘴角,向下淌了下来。他又用一只大手,把瓜汁抹回到了嘴里。他吃得是那么甜,那么干净,甚至连瓜子也一起吞了下去。

我蹲在他的身边,眼睛一动不动地看着他吃瓜。月亮是那么明亮,照得这瓜田里一片银光闪烁。他的头发、胡须挓挲着,蹲在瓜地里身后投下一团黑乎乎的影子,活像一只大猩猩,更像一个可怕的恶鬼。然而,此时此刻,我却半点儿也不害怕他了,不但不怕,而且还有点喜欢起他来了呢。这喜欢中,也包含着同情和怜悯。

我看到他一口气吃下了三个瓜——就不等他伸手又拿起了一个又大又香的羊角蜜,递到了他的身前。没想到,他没有接,却摇了摇头说:"不要了。"

"怎么?"

"不怎么。就吃这三个吧。"

我忽然想起前天夜里,昨儿个夜里,也都是少了三个瓜——这么说,那两天夜里的瓜也都是他吃的了。

他似乎是看到了我心里的问话,点着头说:"前天、昨天夜里,我也都是吃了三个。"

"你为什么每一次不多不少只吃三个呢?"我奇怪地问道。

他嘿嘿一笑:

"这叫三个为满嘛。"

"什么三个为满?是不是你不舍得吃?"我猜透了他的意思。

他深深地叹了口气说:

"咳,穷日子,种两个瓜不易呀……"

"什么易不易的,你就别想那么多了。给,吃吧,你就放开肚子吃吧,能吃多少吃多少。"说着,我又把瓜递到了他的手里。

他却把瓜重又放到地上，拍拍膝盖站了起来，以坚决的姿势摇了摇头说：

"我说不吃，就不吃了，我是说一不二的。"

看他那股子倔瓜劲儿，我知道他肯定是不会再吃了。我又难过，又感动。忽然想起今儿吃过晚饭后妈妈特地用小篮给我装了两个苞米饼子，还煮了两个咸鸡蛋给我拿着，预备夜里饿了好吃。于是，我就拉着那人回到瓜棚里，把饼子、咸鸡蛋拿了出来，递给了他：

"喏，你光吃甜瓜不饱，再把这些吃了吧。"

他双手捧起了那金黄色的苞米饼子，歪着头，像欣赏什么珍贵的宝贝似的，又捂在鼻子上用力地嗅着，然后眯缝起眼睛，长长地吐出了口气，说：

"哈，好香啊，好长时间没尝到这个香味儿啦。"说着，他把饼子、咸蛋塞进了怀里，满脸堆着感激的笑容说，"小家伙，你的心不赖呀，但愿你交好运。你给我这饼子、咸蛋，我就不客气地收下了。可是现在我却不舍得吃，我要带着它，在路上吃。"

"路上？"我惊讶地望着他。

"嗯，路上，我这就要上路了。"他连连地点着头说。

"上哪儿去？"我问道。

他没有回答，仰起头来，眼睛向着月色迷茫的远处望去。远处，那连绵起伏的群山，在月光下，隐隐约约，朦朦胧胧，像苍茫浩瀚的海洋……

"上哪儿去？"他仿佛自言自语地说，"没定准儿。可我就不信，天地这么大，竟会没有我的立足之地？不信！"说罢，他转回头来，看着我说，"小家伙，你帮了我的大忙，那你就帮忙帮到底吧。我吃了你的瓜，带走了你的饼子，还要借你一件家伙用。"

"你要借什么？"

他从瓜棚的铺板上，拿起了那支牛腿炮，在我面前晃了一晃说：

"我就要借这个。"

"这、这、这是我爹的，我做不了主。我……"我有些为难了。

"不要紧，有朝一日，我会还给你的，我说一不二。可现在，我非用它不可，你借也得借，不借也得借。对不起啦。"说着，他把牛腿炮插到了衣襟下面的腰带上。接着，又眼睛看着我，用一种命令我的口气说，"小家伙，你记住，今夜里咱俩的事儿，你可千万不要对别人说，谁也别说，就是你爹爹妈妈也别说。"

"可是，那牛腿炮，我爹问起来，我，我怎么说呢？"

他略略沉思了一下，就哈哈一笑说：

"那你就说叫狼叼去了，不就行了吗？"

"狼不会叼牛腿炮呀。"我反驳说。

他又哈哈地笑了说：

"那你就说叫鬼夺去了。你不是刚才把我当成鬼了吗？"

"嗯，这还差不多。"我觉得这个办法还不赖，就点着头说，"中、中，有门、有门。"

"那好哇，咱们就这么说定了。"他亲切地拍了拍我的肩膀，"你答应我，决不对别人讲，是吧？"

我深深地点了点头：

"放心吧，我决不说。我起咒，说了是小狗。"

他哈哈地笑了说：

"好，好，好孩子，你是个好孩子，我将来会报答你的，说一不二。可现在，我要告诉你，你的功夫还不行。这年头，没有一身好功夫是不行的，村里有拳房吗？要好好练功，不图别的，至少也图个防身吧。我要是没有这身功夫，也经不起那棍棒铁火的种种大刑，更别想越出大牢了。"说到这里，他再一次仰起头来，望着那月色迷蒙群山苍茫的远方，一字一句斩钉截铁地说，"蛟龙入海，猛虎归山，我非闹它个天翻地覆不可。从今以后，这胶东地面上，他们就别想着睡个安稳觉！"说罢，他又回过头来，眼睛定定地看着我说："小家伙，你记住，不出一百天，你就会听到我的信儿的，只要是听说南海边出了什么事，那么，不用问，你就知道，那是我干的。好啦，后会有期。"他双拳一抱，转回身，大踏步地向着山下走去。

我什么话也说不出来，只是定定地望着他的背影，在月光下越走越远，越走越远，最后消失在朦朦胧胧的树荫草影之中……

我的心里，不知是什么滋味，火辣辣的，非常激动；又有些伤感，鼻子酸溜溜的，想哭。

这人，真怪：开始时，我是那么害怕他；以后，又是那么喜欢他；现在，却有些舍不得他了。

这人，真怪；他来得神秘，去得神秘；来也匆匆，去也匆匆，像刮起了一阵狂烈的旋风，在我那幼稚、平静的心灵上，掀起了巨大的波澜。这波澜久久地不能平息下去，它伴随着我那天马行空似的想象，飞向那胶东大地的群山丘陵、郁郁葱葱的丛林草莽、浩瀚无垠的汪洋大海，飞向了鸡鸣犬吠炊烟四起的千村万落，幻化出绿林豪侠金戈铁马，草莽英雄叱咤风云……

我没有忘记恪守诺言：第二天回到家里以后，我果然没有对家里的人提起过此事。一直到父亲的病好了，夜里要上山里

去看瓜,向我问起那牛腿炮的时候,我还是没有如实地告诉他。我按照那人教给我的办法,骗他说:

"叫鬼夺去了。"

父亲听了,先是一愣,接着就把脸一沉说:"哪里有什么鬼?撒谎。我不是常常训导你,为人不说谎吗?你怎么忘了?牛腿炮到底哪里去了?快说。"

我的心怦怦地直跳,脸上一阵阵发热,急得眼泪都流下来了。是的,父亲和母亲经常教导我,为人不可说谎,要做个诚实的人。我平时也都是严格遵守这一戒条,从来未犯过。可现在,我已经答应了那人:连爹妈也不告诉。如果违背了这个诺言,那不同样是不诚实、不讲信义的吗?更何况,我早已隐约地感觉到,这件事,关系重大,绝非一般。宁可在爹妈面前说一次谎,也决不能做出有损于那人生命安全的事来。想到这里,我把牙一咬,用力地摇了摇头,一声不响。

"说呀,到底把牛腿炮弄到哪里去了?快说。"父亲生气了,咚咚地跺着脚。

母亲也急了,从旁劝道:

"说吧,孩子,快告诉你爹。"

"不，我不说，我不能说话不算数。我就是不说，不说！"我大声地嚷道。

我已经做了准备，准备挨打。我心想，一定有一顿好打落在我的身上。于是，像一个准备承受苦难的英雄似的，我挺直了身子，一动不动地站在父亲面前，等待那倾盆暴雨似的拳脚到来。

出乎我的意料，这顿毒打却竟然没有光临。父亲不但没有打我，而且连骂也没骂；他只是定定地看了我一会儿，又低着头沉思了一下。就向着母亲点了点头，苦笑了一下。

我觉得，这个苦笑之中，他似乎什么都明白了。

果然，他爱抚地拍了拍我的肩膀，温和地说：

"好吧，我不再问你了。可你千万也不要告诉别人，特别是常和你一起耍的那些孩子们。谁也别告诉，听见了吗？"

"听见了。"我深深地点着头，心里又高兴，又感动。真想一把抱住父亲的腿，痛快地大哭一场。可我还是忍住了，没有抱他，也没有落泪，因为我觉得：从此以后，我已经长大了很多，已经不是一个流鼻涕的孩子了。

是的，从那以后，我那幼小的胸膛里，就常常不自禁地泛起一阵阵火辣辣沸沸腾腾的豪壮之气、激烈之情，并且时常朦朦胧胧地等待着，等待着，等待着那有朝一日，风云变色山川震荡的时刻……

这一天，终于到来了。

就在这年的秋收时刻，谷子刚刚上场，一阵风似的传来了一个消息：南海上的盐务局被人打开了，"盐狗子"被打死了好几个，局子里的几十条枪，也被抢去了①。

还传说：那伙抢了"盐狗子"的枪的人，都没有快家伙，

---

① 20世纪30年代，国民党政府成立盐务缉私队，下乡砸盐锅，迫害盐民，被老百姓称为"盐狗子"。

全是拿着大刀片儿；只有带头的那人，拿的是一根牛腿炮。

听到这个消息，我不禁心里一动：莫非这件事是他干的？我又计算了一下：从瓜田他走后的那时起，到现在，才两个多月，果然不出一百天。

是他，准成是他！

又是个说一不二。

不过，在把牛腿炮归还给我这个诺言上，他却没能做到说一不二。因为从那以后他始终没有再来找过我，我也再没有听到过他的消息。

他到哪里去了呢？

他究竟是什么人？

我无从知道。但我并不怪他失信，因为他说过："只要我活着。"我相信：他只要活着，就一定会把牛腿炮送还给我的，说不定，还会给我一支快枪呢。

但是，我宁肯不要这支牛腿炮，也希望他平安无事、健康常在，千万可别出个什么好歹。像他那样的好人，是应该活下去的。

他会做很多好事，他一定能做很多好事。

瓜田之夜的短暂相会，使我对这一点深信不疑，也给我留下了深刻的印象，懂得了很多东西。

啊，这美好的终生难忘的瓜田之夜。

一九八六年国庆节之夜写于烟台山下

风　雪
——童年生活回忆片段

　　我的儿童时代，是在苦难与欢乐、黑暗与光明中度过的。①现在回想起来，许多事历历如在目前，印象十分清晰。其中有一件，就是我的妹妹的死。

　　我的妹妹名叫风雪。

　　这个奇特的名字，是因为在她出生的时候，正是三九寒冬，天上下着暴风雪。在这迷蒙了山川田野的暴风雪的呼啸声中，野兽都躲在山洞里不敢出来，而她，我的妹妹，这个小小的生命，却不合时宜地来到了人间。那时候，我刚刚四岁。后来听我父亲说，当时他很担心：因为屋子破漏，怕她经受不住那刺骨的严寒，就望着那发疯似的猛扑着窗户的风雪，喃喃自语地说："好大的风雪啊，就叫她风雪吧。风雪是不怕冷的。"

　　妈妈也很喜欢这个名字，她懂得父亲的意思，她也希望这个名字能真正抵拒那生活中的风雪严寒，使她健康地长大成人。可是，人的命运，不是听从人们的主观愿望所起的名字而决定的。

　　风雪，并没能真正抵拒住风雪，而却在八年之后的又一个暴风雪的黑夜里，离开了那个悲惨的人间。

---

　　①　作者峻青出生于1922年，本文讲述的是他童年时代的往事，时代背景为20世纪20到30年代。

从暴风雪中到来，又从暴风雪中离去。

——这大概是巧合吧。但这暴风雪却一直留在了我的心头，直到现在，回想起来，还是禁不住全身寒冷、战栗不已。

一

这个在严寒中诞生的小生命，长得非常可爱。又聪明，又俊秀，又非常勤劳、懂事。四岁的时候，她就能帮助妈妈干些轻微的家务活。扫地、烧火，样样都抢着干。到五岁的时候，她就跟着我到村边、山上去拾草了。她人小力气小，拿不动笊耙，我就用笊耙钩儿削成一根竹针，上面拴上一根麻绳，她就用这长长的竹针，到大青杨树底下去穿那从树上落下来的，又大又厚的杨树叶儿。她弯着腰，一只灵巧的小手，像鸡啄食似的不停地穿，不大一会儿，那条长长的麻绳上，就穿满了杨树叶。她拖着它，像拖着一条金黄色的大毛毛虫似的，走到我的草篓子旁边，不声不响地把那一串大杨树叶子撸到草篓子里去，接着又继续去穿……

她是那么勤劳，一刻都不闲着。有时候，我还常常受那从草丛里突然猛跳起来的小兔子或是小野鸡之类的引诱，丢下手里的活儿去追它们，或是爬上树去掏鸟蛋。而她，却总是带着责备的口气规劝说：

"哥，你又淘气啦。妈妈在家等草做饭哩。"

如果我不听她的劝告，她就会噘着小嘴说：

"我要回去告诉咱爹，就说你光耍，不好好拾草，看咱爹不打你。"

有一次，她把我叽咕火了，我抡起拳头来打了她一拳，把她打了个仰歪蹬。她哭着直嚷：

"我非告诉咱爹不可。"

回家后,我怀着忐忑不安的心情,生怕挨打;吃饭时,大气也不敢出。但是,她没有告我,却望着我笑了,并且躲在妈妈的背后,向我做鬼脸。

我的家里很穷,经常吃不饱穿不暖、挨饿受冻,特别是春天到来的时候,生活就更加困难。所以一到那青黄不接的春天时,我和风雪还有弟弟们就经常是整天都挎着篓子到山野里去挖野菜、撸树叶。别看她人小,挖起野菜来,两只小手可灵巧着呢。那些喜欢躲在地包塔的石头旮旮旯旯儿的苦菜和曲曲菜,我是怎么也挖不出它们来的,顶多也不过撸下几片叶梢儿,可她的小手却能把它们连根拔出来。但是撸树叶儿,她就不中用了,因为她不会爬树。所以,总是我爬到树上去,把长着嫩叶的树枝条折下来,丢到地上,她蹲在树下,赶快把嫩叶儿撸到篓子里去……

春天,风很大,黄尘蔽天,太阳都被那黄尘遮得没有光彩了。在这揭天拔地的大风里,风雪那饥饿的瘦弱的身体,像一株枯草似的在风中摇曳,使人觉得她随时都会倒了下来。看着这,心里真是又疼又可怜。可是,她却好像什么都不在乎,不管风有多大,她总是顽强地顶着风走着,爬山越岭到处走着,一刻也不停地去寻觅野菜。春天,没饭吃的人多,挖野菜的人也多,因此,野菜是很难寻找的,要到离村庄很远、人迹很少的大山里去才行。但是不管多远,她都不怕。有时候,我不愿跑那么远的路,爬那么大的山,倒是她,反而来劝我,硬拉着我去。如果是哪一天,我不听她的劝告,不肯到远处去而挖到的野菜不多时,她就会整天价阴沉着脸不说不笑,像那阴沉沉的天空似的,使人感到心里难受。这时候,你怎么逗她,也逗不出她一句话来,更甭想着她会笑一笑。可是,如果哪一天我

们到了很少有人去挖过野菜的地方看到了大批的野菜时,她就会高兴得像个小野兔似的又跳又叫,不断地欢乐地喊着:

"哥,快来呀,你看这一大片苦菜,快!快!"

不用说,这一次,准是满载而归。

不用说,这一天,从山野到家里,时时都会听到她那银铃般的笑声。甚至,还会听到她高兴时总喜欢唱的儿歌哩:

> 小巴狗,
> 你看家,
> 我到南园去摘红花。
> 二亩红花没摘了,
> 听见巴狗在家咬。
> "巴狗巴狗你咬什么?"
> "媒人媒人来到啦。"
> ……

啊,多好听的儿歌啊!

直到现在,我的耳畔还清晰地响着她那悦耳动听的歌声,眼前面清晰地映现出她那天真活泼伶俐可爱的身影。

可是,这个可爱的小生命,却早已不在人间了。我永远永远也听不到她这可爱的歌声,永远永远也再看不到她那可爱的身影了。

饥饿和寒冷没有摧毁这株倔强的幼芽。

而无情的疾病和贫困落后却夺去了这可爱的小小生命!

那是在正当她八岁的时候,在一个滴水成冰的三九寒冬里。那时,庄稼早已经收割完了,胶东半岛的田野上,到处是赤裸裸光秃秃的,显得非常荒凉寥落。老西北风,整天价呼呼地刮着,像千百万只发了怒的老牛似的,发出一片令人心颤的吼声。在这样寒冷的日子里,富有的人家都躲在自己的家里,把炕烧得热热的,一家人围坐在热炕头上,剥着炒花生聊天。我和我的妹妹风雪却没有这个福分。因为我们没有草烧,我们必须到山野里去拾柴草来做饭和取暖;否则我们就要挨冻,就要吃不上熟饭。

像挖野菜的那股子倔劲儿一样,风雪在拾柴草时,同样是非常泼辣顽强的。不管外面的风怎样大,天怎样冷,她都不怕。每天清早起来,她就把我叫醒,要我和她一起去拾草。我是多么想着在被窝子里多偎一会儿啊,虽说炕早已不热了,但听听外面那老西北风刮着老杏树的呜呜的吼叫声,心里就打怵到那三九寒冬的清晨山野里去。可是,不去是不行的,不论我闭着眼装睡或是用被蒙着头,她都能用她那只冰凉的小手拧着我的耳朵,硬是把我从炕头上拉了起来,和她一起冒着清晨的寒风,走到人迹稀少的山野里去。

拾柴草比挖野菜还要艰苦,还要困难。

首先是冷,单薄的衣服,怎么也耐不住那从山谷里吹来的刺骨的寒风,耳朵和脸冻得像猫抓似的疼痛,手和脚都冻麻了。可是,风雪却挎着个几乎有她的身体那么高的大篓子,用她那双冻得发紫的小手,不停地用笊耙搂草,她还要常常爬到很陡的山崖上去折枯树枝。有一次,她因为手被冻麻了,抓不牢树枝,从山崖上滚了坡,幸亏半坡间有一堆蜡条丛把她的身子挡住,才没有坠落到深谷里去。我因此而狠狠地训了她一顿,可是,她只咧着嘴笑了一笑,还是照常爬坡。唉,这个小家伙,就是那么倔强,她要做什么,你怎么劝说也不行,软的硬的都不听,真拿她没有办法。只有病,才能强迫她休息。

唉,说起那病,可真叫人心碎哪。

她向来是很少生病的，尽管吃不饱穿不暖，受冻挨饿，可她却像山野间的野菊似的，总是迎着寒风倔强地生长，并且把它那不引人注意的鲜花，盛开在万木凋零的山野上，把它那沁人肺腑的清香，弥漫在众芳寥落的西风里。她的特别白嫩的脸上，总是泛着胶东半岛的女孩子所特有的红润，像一只熟透了的苹果。那模样，就甭提有多么可爱了，真像一朵粉红的山菊花。

可是，她终于还是病了。这个很少生病的人，这一病，竟然病得是那么沉重，以致短促的一天一夜的时间里，就永远地离开了人间。这个可怜的孩子！

二

我永远不会忘记，那是怎样一个撕心裂肺的日子啊。那天早晨，我们两个还一起到南坡上去拾草，从家里向山上走去的时候，她还是又说又笑的，半点都不像有病的样子。那一天，是一个寒冷的阴天，乌黑色的阴云，低低地罩在山野的上空，像要下雪的样子；尖溜溜的西北风，不停地刮着，实在是够冷的了。风雪还像往常一样一刻也不停地下狠劲地拾草，她有一个习惯：干起活来，总是紧紧地闭着小嘴，一声不响地埋着头干。只有在休息的时候，她才说笑。这一天，她也照常如此。但是在我们快要拾满一篓子柴草的时候，我突然发现：她的脸色显得比平时苍白，连那紧闭着的嘴唇也显得煞白了。我心想：她一定是因为天冷的缘故。就问道：

"你冷吗？"

她摇摇头，继续不声不响地用筢耙搂草。

我又说："你要是冷，咱们就回家吧。"

她不耐烦地说:"说不冷就不冷嘛,快搂吧。篓子还没满呢。"

我很不高兴,心想:我是可怜你,你倒斥责起我来了。我再也不理她了,只管低着头搂草。她也闷声不响地搂,搂。又搂了一会儿,我忽然听到一阵呻吟的声音,扭回头一看,只见风雪把笊耙丢到了一边,两只手捂着肚子,蹲在一棵老杨树下,脸色更加苍白了,额角上有豆大的汗珠冒了出来。我吓了一跳,赶紧奔到她的面前,问道:

"你怎么啦,风雪?"

"我肚子疼。"她吃力地说,"不要紧,一会就会好的。你快去搂吧,天快黑啦。搂满了,咱们就回家。"

我生气地说,

"还搂什么?都是你不听我的话,要是早点歇息下来,你也不至于疼成这个样子。我说呀,你准是冻着了,肚子着了凉就要疼的。来,我给你生把火,烤一烤就好了。"

这一回,她没有反对。

我把她领到一个刨了树根后的大土坑里,又抱了一大抱刚拾的柴草,点上了火。一阵红红的火焰,直蹿上来。顿时,那火热的篝火,烤得全身暖和和的,舒服极了。风雪那苍白的脸色,在这火焰的映照下,也有了一点儿红润。人,也显得有些精神了。

"好些了吧?"我问她道。

她没有回答,眼睛却定定地望着那剥剥燃烧着的柴草,自言自语地说:

"多可惜,这么多的草,白白地烧掉了。要不,拿回去,能做一顿饭哩。"

我生气地说:

"又瞎咕噜,人都冻成了那个样子,还舍不得这点草。"

她长长地叹了口气说:

"可是拾草有多难哪。"接着,又仰起头来,望着那光秃秃的山野,以一种梦幻般的声调说,"要是满山遍野,都堆满了干草,那该有多好啊。"

瞧,这傻孩子,又在胡思乱想了。真的,在那个时候,我的确是说她是胡思乱想;现在,应该说那是幻想。是的,风雪确是一个富于幻想的孩子,她常常喜欢一个人静静地沉思默想,有时候想着想着就自个儿低低地笑了起来。有一次,我们两个冒着大风去挖野菜,奔跑了大半天,还没挖满一篓子,那一天,全家都因此而没有吃饱饭。晚上躺在炕上,风雪老是麻瞪眼睛在呆呆地想呀,想呀。我问她:

"风雪,你想什么?"

她笑了,说:

"我想,要是满山都长满了苦苦菜,长得像麦子那么高、那么密,该多么好啊。"

到了第二天大清早,她就把我叫醒,兴冲冲地告诉我说:

"哥,我夜来做了个好梦,梦见遍地都长满了苦苦菜,啊呀,那些苦苦菜呀,又肥又大,连咱家的院子里都长满了。啊呀,可喜欢死人的啦。"说着,她就情不自禁地咯咯地笑了起来。她笑得是那么开心,好像这不是一个梦,而是真的现实。

多么可爱而又多么可怜的孩子啊!

她要求于我们这个大自然的竟然是如此之微薄,只要有了苦苦菜吃,有了柴草烧,不再受冻挨饿,就是最大的满足了。

这又是多么纯洁善良的灵魂啊!

火的温暖并没能真正缓解她的病情,肚子痛得越来越厉害了。开始时,她还咬紧了牙关,忍着疼痛,并且叫我不要管她,搂草要紧。后来，实在是支持不住了，她才尖声地喊叫起来。

“疼死我啦，疼死啦。”

她喊得是那么惨，那么可怕。头上的汗水像涌泉似的直往外冒，把头发都湿透了，像刚从水里出来似的。两只痉挛的手用力地抓着那冻得铁硬的泥土……

我吓坏了，顾不得继续搂草，甚至搂好了的一大堆草也顾不得往篓子里装，就丢下笊耙、篓子，背起风雪，往村子里跑去。

当我气喘吁吁地奔到家里的时候，风雪已痛昏过去了。她躺在炕上，一动不动，脸色蜡黄，像是死了似的。

全家人都吓得慌了手脚，不知如何是好。

那年头，农村里真正有科学知识和临床经验的医生是没有的。

即使很远的小镇上中药铺里有一位半通不通的坐堂先生，穷人们也是请不起的。且不要说他来了后的那几天的吃喝和看病的费用无法负担，就是扎笼子①去搬人，又到哪里去弄两匹大骡子来呢？所以在这种情况下，那专开偏方的土医和巫婆，就代替了真正的医生。

很快地，邻村的一位外号叫“明白二大爷”的土医被请来了。他的架子比较小，用不着扎笼子，骑着一只小毛驴就来了。进屋后，也用不着先来上四个大盘的大鱼大肉，而只喝了一壶茶，吃了几只桃酥，就动手看病了。

病倒是看得对头，他不用把脉，只是问了问病情，又望了望病人的气色，摸了摸病人的肚子，就直截了当地说：

“绞肠痧。”

---

① 笼子，是驮轿之类的东西，要两个骡子驮，人坐在里面。

当时，我还不懂绞肠痧是什么，更不知道它的厉害。可是大人们都懂得。他们一听"绞肠痧"这三个字，简直吓坏了。妈妈全身都在发抖，说话嗓音也变了，紧张问道：

"真的是这病吗？"

"没有错，准是。"明白二大爷肯定地点着头说。

"这可怎么好？"妈妈着急地说，"二叔，你快救救你孙女吧。"

明白二大爷吧嗒吧嗒地抽着烟说：

"尽我的力吧。"接着就说出了一个偏方，"到畦外正南方向去掏一个鸦鹊①窝，烧水喝，把痧冲下去就好了。"

"行吗？"妈妈问道。

"百发百中。"明白二大爷用力地把头一点，"痧只有水才冲得下。可是得快，快！一耽误就不中用了！"

妈妈迅速地看了我一眼。我懂得：这掏鸦鹊窝的任务是义不容辞地落到我身上了。这是必然的，家里的人，除去我，还有谁会爬树掏鸟窝呢？于是，不等妈妈吩咐，我就飞也似的冲了出去，直奔村庄正南的树林子里去了。

三

像别的男孩子一样，我从小就喜欢爬树掏鸟窝。如果是在平时遇到这样一类的美差事，我真不知道该多么高兴哩。可是现在，现在我却像火烧着屁股似的，急得不行。我的耳朵里老是回响着明白二大爷的那句话："得快，一耽误就不中用了，快！"

---

① 鸦鹊即喜鹊。

我心里想：妹妹的这条命，全在我的身上了。我一定要把她救回来。

于是，我就拼命跑了起来，跑得那个劲头呀，简直比马还要快。我的耳边响着呜呜的风声，身子像腾云驾雾似的，两条腿快得像纺花车一样，几乎擦不着地皮。我一口气跑到了南泊的树林子里面。这是一片杨树林，到了冬天，杨树的叶子全落光了，只剩下光秃秃的枝条。哪里有鸦鹊窝，是很容易看得到的。可是我在树林子里找了很久，却没有找到一个鸦鹊窝。原来鸦鹊是喜欢在很高很高的树上搭窝的，这个林子里的树，虽然很密，却还不够高，所以就找不到鸦鹊窝。我忽然想起村庄北面的北沟沿上，有一棵很高的大杨树，那上面有个鸦鹊窝。可是转念又一想：不行，那鸦鹊窝是在村庄的北面呀，明白二大爷说得很清楚，非要村庄正南的鸦鹊窝不行。于是，我又皱着眉头想呀想呀，终于想起来了：在南山下的大茔盘里，有一棵很高很高的老青杨树，那上面有一个鸦鹊窝。春天，我还到那儿去掏过鸦鹊蛋哩。一想到这里，我就高兴起来了，拔腿就向着南山下面跑去。跑出了树林子，老远就望见了那棵老青杨树，并且清楚地望见了那个高高地悬挂在光秃秃的树梢上的鸦鹊窝，它是那么大，黑乎乎圆滚滚的，像一个装满柴草的大篓子挂在树上。

一望见这个鸦鹊窝，我就高兴得不得了，心想妹妹的命，有希望了。于是，跑得就更有劲了，简直像一阵旋风似的，向着那大茔盘冲去。

这大茔盘是一片很大的坟地，我们村里姓孙的人家死了人都埋在这里。在那累累的坟丘旁边，长满了高大的松树和柏树，从远处望去，黑乎乎的，真是吓人。这时候，天已经过了中午了，满天是很厚很厚的乌云，看不见太阳在哪里，只觉得乌云沉沉的,像是天快要黑了的样子。老西北风在松树上呼呼地刮着,坟地上响着一片鬼哭狼嚎般的怪叫声,使人感到毛骨悚然。这个地方,平时我们这些小孩子,是不敢一个人来的,都是结了伙伴进来。可是现在,这么冷的天,山野里都很少能看到个人影儿,这茔盘里又哪里会有人来呢?置身于累累荒冢之间,听着这呜呜风声,望着那空旷寥落的山野,我情不自禁地心里有些害怕起来了。但是一想到我的妹妹,就立刻把牙一咬,大着胆子,向着坟地当中的那棵老青杨树下走去。

这棵老青杨树据说有几百年的历史了,树身两三个人都合抱不过来,树梢至少也有二三十丈高。我虽然是个爬树的能手,但是这么高的树,尤其是在这么冷的天里,爬起来也是非常吃力的。当我爬到半截的时候,身上就没劲了,手脚也冻麻了。我蹲在一个三杈枝上歇了一歇,仰起头来向上望了望。鸦鹊窝看得更清楚了。它就高悬在上面的树杈丫上,有两只长长的黑尾巴,撅在窝边上。哦,原来鸦鹊也在窝里呀。是的,这么冷的天,鸟儿也要躲在窝里暖和哩。一看见这鸦鹊窝,我全身的劲头又来了,立刻又继续向上面爬去。

树顶上,风更大,树枝在剧烈地摇晃着。我用力地紧抱着树枝,向着下面一望,我的天哪,这么高,真叫人心惊胆战。我赶快仰起头来,咬着牙,继续向上爬去,终于爬到了鸦鹊窝下面。

那两只鸦鹊,不知是睡着了呢还是怎的,当我爬到了窝边的时候,它们还是一动不动。这也并不奇怪,它们怎么能想到,这么冷的天,这么大的风,会有人来掏它们的窝呢?一直到我用手抓住了它们当中一只的尾巴时,它们才大吃一惊,"呱"地叫了一声,飞了出去。它们飞得那么急,以致把几根尾巴翎儿,挣落在我的手里。当然,我并不想要,也没有心思来抓它们,所以对于它们的飞去,并不感到惋惜,而一心一意地只想着掀下这个鸟窝。

这鸟窝全是用枯树枝编起来的,做得很大,也很牢。它结结实实地夹在树杈丫中间,用力掀了几下,还没有掀得下来,那两只鸦鹊却又气冲冲地飞了回来,呱呱地叫着,在我的头上示威似的直盘旋。显然它们是从突然袭击的惊慌中清醒过来,看出了我是要掀它们的窝,就勇敢地来保卫自己的住宅了。它们是那么生气,简直是和我拼命似的,大声地叫着,一次又一次地向我扑来。我心想:也许它们认识我,因为春天,我曾经来掏过它们的蛋,那时候,它们也像现在一样生气地勇敢地来保卫过它们的子女。现在,又是我来掀它们的窝,难怪它们气成了那副样子。这真是冤家路窄。也许,它们也很奇怪:为什么,我老是跟它们过不去!老是扰乱它们的安静——不,应该说是侵犯它们生存的权利。

我的心里有些歉疚了。听着它们那激怒的痛苦的叫声,我不自禁地同情它们了。是的,这么冷的天,掀掉了它们的温暖的窝,叫它们到哪儿去过冬呢?岂不是要把它们活活冻死吗?想到这里,我感到非常难过,深深地不安,像做了坏事。于是,我望着它们,喃喃地说:

"别吵了,我知道对不起你们。可是,为了我的妹妹,只好请你们多多地包涵了。唉,这叫作没有法子,要不,谁在这么大冷天里……"

我的话还没说完,"呱"的一声,一只鸦鹊怒叫着扑了下来,在我的光头上啄了一下,我感到了一阵刺心般的疼痛。接着,又是一只扑了过来,又狠狠地啄了我一下。

我顿时气得火冒三丈,用手摸着那火辣辣的头皮,怒瞪着眼睛,大声地骂道:

"坏东西，给你好脸你们不要，看我非把你们的老窝掀掉不可。"

它们同样地对我大声地骂着、吵着，旋风般地向我扑来，那接二连三的痛啄，雨点似的落了到我的头上。

我不再和鸦鹊吵骂了，也不再感到不安歉疚了，而只管咬着牙，忍着疼痛，一声不响地用力掀鸟窝。这时候，风越来越大了。树梢猛烈地摇晃着，好像老天也站在鸦鹊的一边，有意帮助它们，要把我从树上掀下来似的。那鸦鹊得了老天的帮助，更加猖狂了，拼命地向我身上扑。嘀，好一场激烈的战斗！但是，不论是那异常猛烈的狂风，不论是那发了疯似的鸦鹊，我全都不怕，全不放在心上，我的心里只有一个念头：救我的妹妹。为了她，就是死，就是把我的头啄成了烂冬瓜，我也一定要把这鸦鹊窝掀下来！

老天不负有志人。在与鸦鹊和狂风的激烈搏斗中，我终于取得了胜利：鸦鹊窝被掀下来了。当我抱着这鸦鹊窝兴高采烈地奔回家里去的时候，妹妹的病情越发厉害了，全家人都眼巴巴地等待着我的归来。

鸦鹊窝带来了活跃的气氛。

一家人的眼睛，都望着这鸦鹊窝放射出希望的光。

四

百发百中的验方妙药没有能减轻妹妹的病情。鸦鹊窝烧的水灌下去以后，风雪的肚子仍然不断地绞痛，病情不断地加剧，而且她不断地呕吐。她一会儿痛昏过去，一会儿又从昏迷中醒来，那呼痛的惨叫声，像尖刀似的刺痛着全家人的心。

眼看着那明白二大爷的偏方是不灵验的，就只好乞灵于鬼神了。于是，邻村的一位阴阳先生被请来了。

那阴阳先生来看了病人，又到屋前屋后转着圈儿察看了一周，然后回到屋里，用黄表纸画了两道符，点着火焚化了，又嘟嘟噜噜地念了一遍咒语，接着就煞有介事地对我父亲说：

"孩子这场病不轻。是冲着了太岁。如今太岁已经被我驱走了，可是这病却还留在身上，而且不是什么普通药方所能治得好的，非仙丹神药不中。"

我父亲忧愁地说：

"这就难了，仙丹神药到哪儿去弄呢？"

"说难也不难，只要心诚就行。"阴阳先生抚摸着花白的长髯慢腾腾地说，"去吧，到山西头村东狈子沟的那个狐狸大仙的洞里，去挖一把黄泥，回来放在锅里烧水喝下去就好了，那就是仙丹神药。"

哦，原来仙丹神药果真不难弄到。于是，全家人又有了新的希望。

当然，这个取仙丹神药的任务，自然又落到了我的身上。这一回，我没有等妈妈看我一眼，就自告奋勇地说：

"我去。"

妈妈倒有些不放心了，她为难地皱着眉头说："你行吗？这么远的路。天又这么晚了。"

"怕什么？我很快就会回来的。"我毅然地把头一点，转回身去，奔出了门外，像一个勇敢的英雄。

说真的，我那天的行动，虽说算不上什么英雄，但也够勇敢的了。因为去狈子沟不像去老茔盘那么容易，那儿离我们村庄有十多里路，而且尽是陌生的山路，我从来没有去过那儿。天又这般时候了，回来准要拉黑。老实说，如果不是为了抢救妹妹的生命，我，一个才十二岁的孩子，无论如何是没有这样的勇气的。但那时，我什么都不想，什么也不怕，心里只有一个念头，救活妹妹！为了这，就是上刀山下火海我也决不犹豫。

我勇敢地奔上去狍子沟的山路了。我刚才说过，那儿是陌生的山路，要翻过几道山梁，一路上尽是大山，路是乱石纵横的羊肠小道，很难走。好在我从小就练出了一副爬山越岭的本领，对走山路是从不打怵的。我像一只山羊似的，在山路上飞快地跑着，不时地惊起草丛里的野兔。有时候，突然一只花花绿绿的长尾巴野鸡，咯咯地叫着，从我的脚边飞了开去，在空中画一个弧形，又在前面不远的地方落了下来。对于这些平时最能引起我兴趣的东西，我连看也不看一眼，只顾拼命赶路。这时候，天已是下半晌了，空中的云彩也越来越浓了，天空阴得像个水盆儿似的，乌沉沉的，看样子，暴风雪很快就要来了。也许是由于这天气的关系吧，深山里面，简直看不到一个人影儿，只听见山风在松林里发出一片呼呼的响声，还有那不知什么野兽发出的低沉而拖长了的嗥叫声，在空旷的山谷里激起了长时间的回音……

天撒拉灰①的时候，我终于赶到了狍子沟。这是一条很深的山谷，两边悬崖陡立，沟底下有一条弯弯曲曲的山涧，顺着这山涧旁边的崎岖山路，可以一直走到狐仙洞边。这地方，我虽然没有来过，但却早已听说过了。因为从前年起，有人在这里发现了狐仙洞以后，这狍子沟，就成了远近闻名的香火盛地了。附近村庄的人们，时常拿着香纸供品到这儿来求神问卜访仙取药，去年春天和今年秋上，还在这狐仙洞外赶过两次山会哩。传说，山会上，还有人看见狐仙显灵到戏台下面看过大戏呢。可惜，因为路远，也因为没有钱，我没有来赶这个山会，自然

---

① 撒拉灰，即薄暮时分。

也就没能亲眼看见过这狐仙显灵。当时，心里未免有些沮丧。现在，我终于来到狐仙洞前了。

这是一个不大的山洞，它坐落在山涧南岸的悬崖下面，一蓬蓬脱落了叶子的荆棘和葛藤，披覆在石洞上面。石洞外面，由于赶过山会和常常有人来上香的关系，踩出了一片光光的平地。石洞周围的树枝上、石壁上，到处都拴着一些红布条儿，贴着大大小小的纸片儿，上面写着"有求必应""心诚则灵"和"法力无边"等字样。洞门外，静悄悄的，没有人迹，只有山风吹着衰草发出一派飒飒声响，山溪在冰下发出叮叮咚咚的琴音。这寂静，更增加了这儿的神秘气氛，同时也自然地使我有些毛骨悚然了。特别是当我想到人们说过的狐仙曾出来到戏台下面看大戏的情形就更加害怕了。我简直不敢想象它是个什么样子，更怕它突然从洞里钻出来站在我的面前。

我战战兢兢地望着那黑洞洞的石洞，觉得它仿佛就要从这石洞里出来了。又望望石洞外面，看看有没有人来。山沟里还是看不到人，石洞里也没有什么动静，只有一缕缕乳白色的香烟，从石洞里面袅袅地飘了出来，一到洞口，就被风吹散了。

哦，洞里有香火，那就是说，这里刚才还有人来过，也许走得不远哩。想到这里，我的胆子就大了起来；又想到我到这儿就是为着来求狐狸大仙的，还怕它做什么呢？于是，我大步流星地走上前去，跪在石洞前面向着洞里恭恭敬敬地叩了三个头，大声地说：

"狐狸大仙，我妹妹病了，我来求求你，行行好，给我仙丹神药，救救我妹妹吧。我给你老人家叩头了。"

我很激动，一面说着，一面热泪簌簌地往下流。我的心，也确实是很诚，很诚，我是多么盼望着狐狸大仙真的能把我的可怜的妹妹从死亡的边沿上抢救回来呀！这时候，我再也不怕它了，倒真的希望它能从石洞里显出灵来，站在我的面前，把仙丹神药递到我的手里，并且大声地说：

"好孩子，我答应你，一定把你的妹妹救活。喏，这就是仙丹神药，给，拿回去吧，她吃下去立刻就会好的。"

可是，这只不过是我的幻想罢了。四周依然是静悄悄的，依然是衰草飒飒、溪水叮咚、香烟袅袅，哪里有什么狐狸大仙的影子呢？

我不能再等待了，就毅然地低着头，弯着身子，钻进了洞里。洞里很黑，什么也看不见，只看见有几星香火，在漆黑的洞中，闪着像豆粒大的红红的光。借着这香火的光，我佝偻着身子，向着山洞的深处走去，越往里走，里面越窄，一股股潮湿的霉味儿，直冲我的鼻子。一直走到前面碰着了石壁，不能再走了的时候，我才停住了脚步，侧着耳朵听了听，什么动静也没有，只听见风在洞口外面呜呜地响。于是，我蹲下身去，在那布满了草屑的潮湿的地上，抓起了一把泥土，用手巾包好，就转身走出了山洞。

我是一个从落地就在泥土里滚大了的孩子，也可以说是吃土坷垃长大了的人。对于那脚踩脚碾的泥土，向来是不看在眼里不放在心上的；可是，对于这包在狐仙洞里抓来的泥土，我却是那样珍贵。人们常常用"金子珠宝"来形容贵重的东西，我没有看见过金子珠宝是什么样子，可是，我觉得：这包泥土，比什么贵重的金子珠宝都要宝贵。因为它不是泥土，是仙丹神药。具体地说：是可爱的妹妹的生命。

人世间，还有什么比这更宝贵的呢？

我把这包泥土，不，应该说是仙丹神药紧紧地揣在胸前，怀着一颗虔诚的充满了希望的心，向着来时的路上走去。

这时候，天已经黑下来了，风也越来越大了。随着这个不断增强的老西北风，狂乱的雪花儿，从那乌沉沉的天空中，飘将下来了。就像从那破棉絮般的阴云中，抖落下无数破碎棉片儿。那空旷深邃的山谷和四周围突兀高耸的山峰，完全笼罩在这苍茫的暮色和晚来的风雪之中了。

我冒着风雪，在归来的山路上，飞快地奔跑着。黑夜来临时的大山里是可怕的，而大风雪中的黑夜深山尤其可怕。那一排排大树和怪石，像黑幢幢的鬼怪似的耸立在路旁；那越来越浓的夜色，给这寥无人迹的空旷山野，更增加恐怖的气氛。但是，此刻我的心中，却忘记了害怕，忘记了寒冷，甚至也没有去想那大雪封山和黑夜迷路的可怕情景。我只是想着我怀里揣着的那一包仙丹神药，想着我的那垂危待救的妹妹。风雪，她那可爱的影子，那红润的脸，那水灵灵的大眼，那银铃般的笑声和歌声……

这身影，这语声，像一把熊熊烧着的火炬，照耀着我前面的山路，使我平添了无限的胆气和力量，在那风雪黑夜的大山里，奋勇地前进，前进，不停地前进。终于在刚敲一更的时候，回到了我的村庄里，这时候暴风雪越来越大了。茫茫山野完全笼罩在蒙蒙的雪幕之中，透过这雪幕，我远远地望见了那从村边人家屋子里射出来的红红的灯光，听见了打更人的柝（tuò）柝的梆声。我不禁高兴地大声叫了起来：

"风雪，好妹妹，我回来了！"

五

我回来了。

当全家人都在焦急地等待我的归来时，我，披着两肩白雪，捧着一包黄土兴高采烈地回来了。

我的回来，又一次给全家人带来了新的希望，激起了活跃的气氛。人们全都围着我，用急切而期望的语气争着向我询问：

"仙丹取回来了吗？"

"取回来了，看。"我高兴地回答着，从怀里取出了包着黄土的手巾，高高地擎在手上，自豪地看着大家。

"好孩子，真能干！"妈妈高兴地接过了黄土包，不绝口地赞扬起我来了。

弟弟们也都以一种高兴和钦佩的眼光望着我。连那在痛苦的煎熬中的妹妹，也用她那双失神的大眼睛看着我，嘴角上咧出了感激的微笑。

我走到她的身旁，用手抚摸着她那被汗水浸湿了的头发。灯光下，我看见，她的脸色还是那么苍白，人突然消瘦了好多；亮晶晶的泪珠儿，还残留在她的眼窝里。我不禁一阵心酸，赶紧安慰她说：

"风雪，仙丹取回来了，你很快就会好的。"

她从被窝里伸出一只冰凉的小手，轻轻地握了握我的手，用一种微弱得几乎听不清楚的声音说：

"把你冻坏了，哥，你还没吃饭哩。"

到这时候，我才想起，我已经两顿没吃饭了。但是，我却半点也不饿。我紧握着妹妹的手说：

"我什么也不想吃，你别管我。这会儿痛得轻一些了吧？"

她默默地点了点头，很显然，她已被折磨得没有力气说话了。她闭上了眼睛，休息了一会儿，又睁了开来，看着我，强打着精神问道：

"哥，筢耙和篓子还丢在南坡上，不要紧吗？"

"不要紧，"我说，"你想这些干啥呀，别说话了，快好好地歇歇吧。"

她听话地闭上了眼睛,可是停了一会儿,又睁了开来,问我说:

"哥,你看见狐狸大仙了吗?"

瞧,这个好奇心很强的小家伙,病到了这种地步,还要打听这些。我怎么回答她呢?为了满足她的好奇心,为了给她精神上一点安慰,我不得不撒谎了:

"看见了。"

"真的?什么样子?"她的脸上,又露出了一丝笑容,像布满了阴云的天空中露出了一丝儿阳光。

"真的。"我点着头说,"是个白胡子老头,大高个子,身上穿着紫红缎子八卦衣,手里拿着一把蝇洒子①,腰里拴着个牙牙葫芦儿,赤着脚。"我按照我在年画上常常看到的神仙的样子,编造了一套,但是不知为什么,我把这大仙说成是赤着脚。

"他为什么赤着脚?"风雪有些奇怪了,"这么冷的天,他不怕冻着吗?"

"不怕,他是神仙呀,"我赶紧掩盖我的破绽。"神仙是不怕冷的。他什么也不怕,什么病也能治。你吃了他的仙丹一定会好的。"

风雪不再问什么了,闭上了眼睛,脸上现出了满足的神色。

仙丹烧好了。妈妈端着一大碗黄泥汤子走了进来。那黄泥汤子上面浮着一些草屑和黄色的毛,这毛很像是狗毛。我想:准是狐狸大仙的毛。于是就更加相信这黄泥确是仙丹,而且一定能治好妹妹的病了。

妈妈当然更相信,从她脸上那极为虔诚的神情就可看得出来。她双手端着碗,战战兢兢地走到北桌子前面,恭恭敬敬地

---

① 蝇洒子,即拂尘。

行了个礼,喃喃地说:

"大仙,谢谢你啦,谢谢你给俺风雪的仙丹。你保佑她好了吧,俺一定天天给你老人家烧高香、摆供品。"我也赶紧走过去,跟着妈妈恭恭敬敬地行了一个礼。

祷告完毕,妈妈把黄泥汤子端到了妹妹的面前说:

"风雪,好孩子,这是狐狸大仙给你的仙丹,喝下去就好了,一定会好的。"

风雪听话地张开了嘴,费力地把黄泥汤子一口一口地喝了下去。

也许是太吃力了吧,喝完了"仙丹"以后,风雪又闭上了眼睛,头,无力地歪到了一边,像睡着了似的。

全家人都围在她的身旁,用充满了希望而又不安的眼色望着她,一声不响地望着她。这时候,外面的暴风雪更大了,狂风挟着雪花,一阵阵地撒在窗子上,把窗纸打得唰拉唰拉响。风又把破窗纸,吹得呜呜直叫,把那盏挂在炕头上的豆油灯的火苗,吹得一跳一跳的,屋里的光也随着一明一暗的。

过了一会儿,妹妹又睁开了眼睛,可能是阵痛又要发作了,我看见她的嘴角痉挛了一下。但是,她却没有吭声,她看见全家人都守在她的身边,瞪大着眼睛望着她,就用力地微笑了一下说:

"妈,我吃下仙丹以后肚子不痛了,我好了,你们就别围着我了,都去睡吧。嗯?"

我看得出来,她是故意在安慰大家。可哪知这话反而使大家更难受了。

妈妈含着眼泪说:

"好孩子,你说得对,吃了大仙的仙丹一定会好的。那你就闭上眼好好地睡吧,别管我们。"

风雪听话地点了点头，又望着我说：

"哥，真的，我好了，你去睡吧，明儿早晨咱俩还到南坡上去搂草，好吗？笊耙和篓子还撇在那里呢，准叫雪埋住了，要把它扒出来。"

听了这话，我心里又高兴，又难过，连连地点着头说："好，好，咱们明儿一清早就去把笊耙篓子扒出来，明儿一早就去搂草。好，你快睡吧。"

她默默地闭上了眼睛，但不大一会儿，却又突然发出了一声拖长了的尖叫：

"啊——！"

绞痛又开始了。

这一次，痛得更加厉害了。她尖声地叫着，像被火烧着了似的翻来覆去地打着滚儿，从炕东头滚到炕西头，差一点儿滚到了地下，嘴里上气不接下气地喊着：

"可痛死我了，痛死我了，妈妈呀，我活不成了……我、我……"喊着喊着，她又痛得昏了过去。

我紧紧地抓住了她的手，她的手，冰冷冰冷的，手心湿淋淋的，尽是冷汗。我把她那双冰冷的汗湿的手，握在手里，握得紧紧的，紧紧的，生怕她会从我手里飞出去似的。真的，那时候，我心里确实是怕她飞去，因为我听说，人，都有一个魂儿，如果人要死，那魂儿就离开肉体飞到天上去的。我不能让她死，我要紧紧地抓着她，我相信，只要我把她的手用力地抓住，她的魂儿就飞不出去。

这时候，大家也都非常着急。

父亲连连地跺着脚，焦虑地说：

"怎么仙丹吃下去也不顶用？"

"也许还不到时候。"妈妈虔诚地安慰着大家，也安慰着自己。她仍然相信"仙丹"。

又一阵挟着雪花的风,呜呜地怪叫着从破窗洞里吹了进来,豆油灯忽闪忽闪地跳了几下,就熄灭了。屋子里顿时一片漆黑。

我的心怦怦地跳了起来,在黑暗中,我的那双抓着风雪的手,抓得更紧了。我怕她在这黑暗中飞了出去。

父亲擦着火柴,重又点燃了油灯。我赶紧借着灯光,看了看风雪。她仍然在昏迷中,阖着眼睛,张着嘴,从嘴里发出轻微的呼吸声。她的那平时像桃花似的鲜艳美丽的脸颊,在昏暗的灯光下面,显得更加苍白了,像一张白纸,那样子,真是吓人。

"风雪!风雪!"父亲大声地叫了起来,也许他感到有些不妙。

"别叫她,她是睡着了,就让她好好地睡吧。这准是仙丹使上劲了。"妈妈说着,又对着北桌子行了个礼,"谢谢大仙保佑。"她还是那么虔诚地相信大仙。人,总是在遇到了苦难而又无可奈何的时候,就越发地相信神灵,并把希望寄托于神灵的。

妹妹像真的睡着了,她一动不动地蜷缩在破棉被里,昏暗的灯光,投射在她那像蜡一样干黄的脸上,她的眼睛闭着,鼻翼一张一张地,发出了轻微的鼾声……

一家人,全都围在她的身边,神色紧张地看着她,连大气儿都不敢出,像怕惊醒了她的好梦似的。周围异常地寂静,在这极度的寂静中,外面那暴风雪的声音就显得越发响亮了。只听见暴风在屋顶上空、在隔邻院子里的那棵老杏树上发了疯似的怪声吼叫,时而咔嚓一声,一根枯树枝丫被狂风吹断了,坠落到了地下。大把大把的雪花,不时地随着狂风,扑到了门上窗上,把门窗打得沙沙直响。鸡窝里的鸡,也被这吓人的暴风雪搅得不安起来了,它们不时地在窝里扑撒着翅膀,发出惊慌的咯咯声……

透过这暴风雪的呼啸声,从村东头的祠堂里,传来了打更人的梆子声:

柝!柝!柝!

三更了,已是夜深时分。

经过长时期的极度焦虑紧张之后,在这深沉的夜里,在这沉闷的气氛中,人是容易入睡的。两个弟弟不知在什么时候,身子匍匐在炕角上呼呼地睡着了。姐姐虽然没睡,可是却老在打呵欠。我呢,两只手虽然仍然抓着妹妹的手,身子却不由自主地歪在炕壁上,只觉得眼皮有千斤重,睁也睁不开。开始时还在告诫着自己:不要睡。到后来却越来越迷糊,终于在暴风雪的呼啸声中,睡过去了。耳边厢还依稀地听到妈妈的叹息声:"唉,这孩子,奔跑了一整天,累坏了,饭也没吃……"

这声音越来越远,越来越模糊了。

在沉睡中,我做了一个梦,一个非常好的梦。

我梦见和风雪一起到畎东面的石硼湾边上去挖苦苦菜,那是一个非常好的三春天气,天是那么晴朗,天空蓝得像蓝缎子似的,不见一丝云花儿。温暖的风,轻轻地吹着,吹在人们的脸上,就像用绸子手巾轻轻地拂着似的,真叫人全身都暖和和懒洋洋地惬意极了。我和风雪挎着篓子拿着小铲在山野上走着。山野间,到处都开满了各种各样的花儿,雪白色的梨花、李子花,粉红色的桃花、杏花、山菊花……它们都同时开放了,开得满山遍野成了一个花花绿绿的世界,好看极了。风雪高兴地在花丛间飞快地跑着跳着,活像一只小蝴蝶。我呢,则爬到了一棵老杏树上面,把那开得满枝满条像棒槌似的杏花,一枝枝地撸了下来,就像撸杨树叶一样。但是,说也奇怪,我撸进篓子里的杏花,却不是杏花,而成了满满一篓子白雪;还有,那篓子,也不像个篓子,倒变成一个鸦鹊窝了。我生气了,飞起

一脚把这鸦鹊窝踢出了老远。这时候,我听见风雪用责备的口气说:

"哥,你又要惹祸了,这杏花是狐狸大仙的,你怎么好随便糟蹋呢?"

一听到狐狸大仙,我猛然醒悟了似的,忙望着妹妹问道:

"风雪,你的肚子还痛不痛了?"

风雪嘻嘻地笑着说:

"谁说我肚子痛来。你看,这是什么?"

我仔细一看,她的手里拿着一棵蒲公英,它那一条条火红色的长秆上挑着一朵朵金黄色的花儿,好看极了。

"这是狐狸大仙给我的,"风雪高兴地说着,把那一束束金黄色的蒲公英花朵,在我面前摇晃着,一面摇晃着,一面咯咯地笑着说,"你看,你看,多少苦苦菜啊。满山遍野都是苦苦菜,瞧,比麦子还高还密哩。"

果然,我看见,随着她那拿着蒲公英的手的摇晃,一片片绿油油的开着黄色小花的苦苦菜,像变魔术似的从地上长了起来,长得又高又密,郁郁葱葱的满山遍野一眼望不到边儿。我高兴极了,俯下身去,伸开胳膊,揽过了满满一抱苦苦菜,像拔麦子似的用力去拔,可是怎么也拔不动。正在我又气又急的时候,忽然听到有人大声地喊叫,我吃了一惊,抬头一看,是狐狸大仙,一个大高个子白胡子老头儿,手里拿着蝇洒子,身上穿着紫红色八卦衣,赤着脚,大踏步向我走来。他一面走一面向着我喊叫,叫的那声音,非常吓人。我在这种吓人的喊叫声中醒来,睁眼一看,昏暗的油灯光下,父亲和母亲正在风雪的身边大声地喊叫:

"风雪!风雪!"

我吓了一跳,完全清醒过来了,本能地意识到了情况的不妙。低头仔细一看，只见风雪的脸色越发苍白了，眼睛紧紧地闭着，鼻翼已经不再翕动了。她的一只手，却还紧紧地被抓在我的手里，我觉得出，她的手是那么冰冷，简直像一块石头。啊！她死了！

我的头像挨了一槌似的，轰的一声，眼前金星乱冒。我用力地抓着她的手，拼命地喊叫起来：

"妹妹！妹妹！"

这是我生平第一次称她妹妹，平时我都叫她的名字：风雪。可是，任你喊破了喉咙，她都一声不响，再也不会答应了。答应我的只有那屋子外面的暴风雪的呼啸声……

我简直不敢相信：风雪，我的可爱而又可怜的妹妹，她会是真的死了。这怎么可能呢？她的手我还紧紧地抓在手里呀，难道她的灵魂能从我的手里飞脱出去吗？我真后悔，我不应该睡着。我想：如果我一直不睡，一直用眼睛看着她，那她的灵魂是决不会从我的手里挣脱出去的。我简直恨死了我自己，恨得用拳头咚咚地捶着我自己的胸膛。

"风雪，我的好孩子，你别撇下妈妈呀，你别走呀！"妈妈在大声地哭着，像叫魂似的大声哭着，用双手紧紧地抓着风雪那瘦小的身子。

我像发了疯似的站起身来，跳下炕去，奔到门口，打开了屋门。一阵狂风挟着雪片，劈头劈脑地向我扑来。我迎着风雪，抬起头来，仰望着天空。天空中，漆黑一片，看不见一点儿星光，只听见呜呜的风声，在半空发疯了似的大声号叫。院子里屋顶上，已经堆上了一层厚厚的白雪，可是，那像鹅毛似的大片大片的雪花，还在像刮翻了棉花垛似的，随着狂风，纷纷扬扬地从空中飘下来，在屋顶上院子里打着旋儿，向着门上窗上直扑乱飞……

暴风雪越来越大了。

那声势，仿佛是把这整个世界都要吞没了。

我仿佛觉得，我那可怜的妹妹，风雪，她就像一片枯叶儿似的，被这暴风雪卷走了。是的，她的魂儿，一定是被这暴风雪卷走的。于是，我站在门口，仰望着搅风扬雪的茫茫夜空，大声地喊叫起来：

"风雪——！风——雪！"

"风——雪！"

"……"

没有回答。听到的只有那牛吼般的风声，沙沙乱响的雪声。

那银铃般可爱的声音，再也不能回答我的呼唤了。这个可怜的孩子，她真的死了，真的永远再也不会回来了。

风雪，伴随着她的这个奇特的名字，在风雪中来到了人间，又在风雪中离开了尘世。

风雪，也从此永远地刻在了我的记忆里面，不管什么时候，即使在三伏炎夏里，每当我一想起那可爱的身影时，我的心里就立刻涌上了寒流，打起了冷战。

我常常对我的孩子们讲起这个悲惨的故事。因而，那风雪的寒流，也在袭击着我的孩子们的纯洁的善良的心。他们多次和我一起含着眼泪悲叹他们的二姑的不幸的死；又一起怀着激动的心情，庆幸着他们自己的幸福，珍惜现在我们的生活。

是的，生活在今天的人是有福了。

人类科学的飞跃发展，再也不必担心阑尾炎会夺去可爱的孩子的宝贵生命了。

如果我那可怜的妹妹，她能够在今天降生的话……

啊，风雪！

一九八〇年三月二日

青岛小叙

曾经沧海难为水，

除却巫山不是云。

这里，我要说的是青岛。

青岛，这个中外闻名、风景优美的海滨城市，曾经怎样地震动过我的心灵啊。

记得，还在我童年时代，我就听到不少人对我描叙过青岛的美丽，及至看到了青岛以后，我简直惊讶得瞪大了眼睛，几乎怀疑是置身于仙境。也曾想：也许，这是因为我生在穷乡僻壤，没有见过世面，第一次到城市少见多怪之故吧；可是，以后走南闯北，不但到过了许多中国的城市，而且也到过了一些外国的地方，可青岛最初给我的印象，丝毫也没有减退。我仍然觉得，青岛，是最美丽的城市，是仙境般的去处。尽管世界上美丽的城市很多很多，每个城市都有它独特的风格和美，但我最喜爱的却是青岛。

那么青岛究竟美在哪里呢？

有人把它誉为"东方花园"，也有人把它概括为"青山、碧海、红瓦、绿树"八个字。这些，都非常确切，非常形象。是的，青岛的确是像一个大花园似的幽美，而这幽美，又确是由这"青山、碧海、红瓦、绿树"所构成的。这是一种绚丽的色彩，也是一种柔和的色彩，它是那么引人瞩目，又是那么令人心旷神怡。

栈桥，是青岛的标志，凡是来过青岛的人，都要到这长长的栈桥上，漫步一番。或登阁眺望远处的帆影，或凭栏俯视水中的鱼踪。鲁迅公园，攀登崎岖的山道，陡峭的礁石，水族馆里，看游鱼戏水、海豹翻身，都是游客们的赏心乐事。

而最值得一提的是，青岛，一年四季，都有它不同时节的特殊的美；春天，樱花开放了，整个中山公园和八大关一带，就像鲁迅所形容的那样，到处是一片美丽的绯色的云，好看极了。可以说，青岛是樱花的世界，就像昆明是茶花的世界一样。夏天，更是青岛的黄金时代，凉爽的海风，驱除了燠热；漫长的海滨浴场里，到处是游泳的人群；碧蓝的海水中，点缀着身穿各种鲜艳色彩游泳衣的游人们，从远处望去，宛如三月阳春的碧草地上盛开着五颜六色的花朵，飞翔着色彩绚丽的彩蝶。冬天，即使是冰天雪地之时，而青岛也还不太冷。如果是下了一场大雪，那景色就更加幽美迷人了。近处，那绿树红瓦上，罩上了厚厚的白雪；远处，那碧蓝的大海里，平时的那些影影绰绰的淡灰色岛屿的影子，突然变成了白色，像一片片白云似的，兀立在蓝天碧海之间，极富诗情画意。

且不说一年四季，青岛的景色不同，就是一天之内，晨昏阴晴、日落日出，青岛也神韵各异、丰采不同。

啊，这些又何必多说呢？到过青岛的人，又哪一个没有这样的体会、这样的感受呢？

这里，我要特别讲到的是青岛的建筑艺术美。

是的，那青山碧海红瓦绿树，固然是青岛的美之所在，但却不是青岛的主要特征。因为这些，在别的沿海城市中，比如威海、烟台、蓬莱以及其他海滨诸城市，都是共有的景色；而唯独这建筑艺术，青岛却独占鳌头。青岛的建筑，实在是太美了。而且是形式多样，各呈异彩。特别是在信号山和八大关一带，那简直就是世界建筑艺术的大展览。这儿固然有古朴典雅的中国建筑，但更多的却是用巨石垒成浑厚坚固类似中世纪欧洲城堡式的德国建筑，和低矮简单小巧玲珑的日本式木板建筑，也有尖顶耸立的哥特式的，圆拱门形的巴洛克式的，还有西班牙式的、澳大利亚式的、法国式的、英国式的……总之，几乎世界各国不同风格的建筑，在别的城市，这是很少见的。我曾到过布拉格，那座被人们称为"百塔之城"的捷克首都，在建筑艺术方面，在欧洲是素享盛名的。但是，在我看来，它也没有青岛这样完美、这样多彩。

据说，过去，在青岛盖房子，都要先把设计好的建筑样式的图纸，送到市主管部门去审批。如果发现那建筑样式不美，或者与别的楼房相同，就不会获准施工，正因为如此，青岛的建筑是那么美，那么风格各异、丰富多彩。

我认为，建筑，同音乐、绘画一样，同样是文化，是艺术，是能够给人以美的陶冶、美的享受的。为此，每次到青岛的时候，除去领略那青山碧海的自然美之外，都要在那幽静的八大关区内，细细地欣赏那建筑艺术的美。有人说，"建筑＝科学＋技术×艺术"，我信服了。又有人说，"建筑＝凝固的音乐"，我理解了。领略这青岛的建筑美，就是最好的享受。我赞美这了不起的杰作，啊，那简直就是一幅幅绝好的图画！一首首优美的好诗！一曲曲和谐的乐章！

如果你站在汇泉的方向，向着西南面的山上望去，那你会看到，一幢幢造型优美的红瓦小楼，掩映在茂密的绿树之中，半隐半现地顺着山坡，向上升腾，这景色，使人想起了一个童话中的世界。而到了夜间，从那山上树丛中透射出来的楼中灯火，上下错落、闪闪烁烁、时明时灭，就更像童话世界了。

啊，还有那港湾的渔火、海里的月光、岸边的涛声，和着那从一幢幢造型优美的楼房中飘荡出来的悠扬的乐声，是多么令人心醉啊！

可是，这里我不无遗憾地要说到的一点是：前几年，青岛的有些地方，把有些非常美观和谐和还相当坚固的小楼房拆掉了，平毁了，代之而起的却是那种颜色单调样式难看又矮又宽的长方形办公和宿舍大楼。人们把这种楼房叫作火柴盒式，因为它的样子，很像一只只火柴盒。这"火柴盒"的比喻，说明人们是不喜欢那种形式呆板、布局单调的建筑物的，因为它不美。我曾读过王朝闻同志写的一篇短文，他批评崂山上有人随便采石，把一些好看的岩石砸毁了，煞风景。我想，如果他看到青岛有些美丽的小楼房被毁，一些灰色的大方块代替了红瓦绿树的时候，那他一定会更加痛心的。

好在被拆毁的小楼还不算太多。但这种情况却亟须重点注意和加以制止。前些日子，国务院命令禁止在杭州风景区建筑厂房。我认为：青岛也应该禁止在风景区内建筑办公和宿舍大楼。

堪以欣慰的是：青岛的有关方面，业已注意到了这种情况。他们除了对以上现象采取措施制止外，并十分注意在一些游览区内，增建漂亮美观的建筑物。比如最近在福山支路一带的上面山上建起一座富有民族风格的楼阁——"鱼阁"就十分美观、古朴、典雅。还有，那屹立在海边的天蓝色的汇泉宾馆，不论是造型结构，还是颜色设计，都非常壮丽、和谐。在第一海水浴场一带新建的更衣室、饭馆，也都样式新颖、色泽雅致，堪称艺术佳品。

尤其令人高兴的是：自从国务院批准青岛为沿海十四个开

放城市之后，这座美丽的海滨城市，就像一只美丽的海燕，迎着清新海风展翅腾飞了。随着青岛经济开发区的飞跃发展，一大批形式多样造型美观的新式建筑，将要如雨后春笋似的，迅速建立起来。

青岛，将要变得更加美丽，更加壮观，更加令人神往。

万斛（hú）珠玑（jī）

前几年，有朋友从胶东故乡来，带给我一包小石子，说是从蓬莱的月牙湾捡来的。

这石子光滑圆润，大多呈白色，像白玉一样晶莹洁白，有的上面有红色或黄色、绿色的花纹，也有一些全身都是紫红色的，或橘黄色、碧绿色的。玲珑剔透，像一堆色彩绚丽的珍珠，煞是好看。

我向来喜爱小石子，记得还在我刚到上海时，那是20世纪50年代初期，一位从南京调来上海的诗人，送了我一小碗雨花石。我如获至宝般喜爱得不得了，把它用水浸在碗里，放在我的书桌上面，时常欣赏它。听人说，这种雨花石，是烈士们的鲜血染成的，由此，我对它喜爱之外，又加上了一层崇敬之意。每当我写作累了，或者有些懒散的时候，一看这雨花石，立刻就精神焕发自强不息了。后来，到雨花台，凭吊过烈士之后，也曾在山上去寻找和挖掘雨花石，但却都一无所得。

老乡告诉我，蓬莱的这种石子，在月牙湾里，多得很，不须费力，就可以拾到很多。我听了，有些将信将疑：如此珍贵的物品，怎么会能车载斗量呢？

这次来到了蓬莱，热情的主人向我介绍蓬莱八大景时，其中有一景叫作"万斛珠玑"，说的就是月牙湾和那里的石子。这样一来，就更引起了我一登这宝地的强烈愿望。

我们从蓬莱乘船来到了长岛，第二天清晨，就从长岛宾馆乘车去月牙湾。月牙湾在长岛的北端,两行尖尖的山角,像两条臂膀似的,分别伸入东西两边的海里,当中的海岸线,向着里面凹进去,形成了一个弧形的海湾,宛如一钩新月,因此就叫作月牙湾。

这一天,海上的风很大,碧蓝的海面上,滚动着一排排雪白的浪花;而在靠近岸边的地方,一排排长长的巨浪,像一道道绿色的山岭,岭脊上,顶着白色的浪峰,恶狠狠地向着岸边扑来,砰然一声,随着一阵雷鸣般的轰响,炸起了几丈高的雪白的水花。一阵大风吹来,这炸成了泡沫似的浪花,像一片片瀑布似的,从空中降落下来,随风飘散出去,一直飘洒出很远,那烟雾似的水沫,在清晨的阳光下,幻出了一道弧形的色彩绚丽的彩虹。接着,那扑上岸来的浪涛,就拖着它那白色的身子发出由那无数水泡破裂时响起的咝咝的叫声,徐徐地向着海里退去;退去,又重新积聚着力量,等待着后面的一排大浪涌将上来的时候,它又跃身而起,与这新来的大浪融为一体,重又恶狠狠地向着岸边扑来。于是,又是一阵雷鸣般的轰鸣,又是炸开了几丈高的雪白的水花……

这情景,壮观极了。

就在这被大浪扑击着的漫长而平坦的海滩上,我们看到了一个充满了珠光宝气的球石世界:海滩上,没有沙砾,没有礁石,而却堆满了大小不一五光十色的石子。这些石子,不像雨花石,那样呈不规则的扁平形,而一律全是球形,它们是那么圆,那么光滑,那么晶莹。简直就像一堆堆布满了海滩五颜六色的鸟蛋,又像是一片片布满了海滩的色彩缤纷的珍珠。

真不愧是"万斛珠玑"。

我的朋友,丝毫也没有夸大。珍贵的珠宝,又岂止是车载斗量呢?即使用"万斛"二字,也不足以形容其数量之多。所

以我说这是一个珠宝的世界。

　　在这个遍地珠宝的世界里,真叫人眼花缭乱。我和于康,就像刘姥姥进了大观园一样,简直是手慌脚乱、不知所措。我们想捡些石子带回去,留着自己观赏,也分送一些给亲戚朋友,可是,当我们弯下腰去捡拾的时候,却简直不知道如何下手。因为它们都是那么圆滑,那么好看。白的像白玉一样洁白,红的像玛瑙一样鲜红,绿的像翡翠一样碧绿……

　　我的眼睛都看花了。

　　刹那间,我仿佛觉得是在梦中,又仿佛觉得是在一个童话世界里。不是吗,只有在梦里,才能看到这么多的珠宝,只有在神话中,才能随意去拾捡这么多这么好的珠宝。

　　我真怕这个梦醒了珠宝会隐去。

　　但是,珠宝却仍然实实在在地握在我的手里。我拾了那么多,满满一大包,足有五六斤,于康也捡了一大包,足够我们分赠亲友的了,可是,意犹未尽,还想多捡一点。我捡得手指都有些发酸了,不由得想起了叶剑英元帅一九七九年九月八日游览月牙湾时所即兴吟成的一首诗:

> 内长山岛月牙湾
> 勤事渔农并石田
> 昂价石球生异彩
> 妇孺岂惜指头艰

可见到过这里的人们,都为这满地珠玑而尝过这"指头艰"的乐趣。

与我们同来的文化局张局长告诉我:这种石子,质地特别坚硬,可以经受两千度的高温而不熔化。因此,它不只是观赏品,也是陶瓷工业的主要球磨原料。每年,都有大量的球石,从这海滩上运出去,远销国内外。

这就更增加了我对这球石的喜爱。

石子,本来是够坚硬的了,可是,在两千度的高温下,岩石也会熔成液浆。而这种球石,却能依然如故,不损分毫。这硬度,简直是令人惊奇的了。可是,纵然这球石再硬,它们却还是被亿万载的时光和海水的冲刷,磨成了一个个小小的球形,由此又可看出时间和物质运动的威力。它们造就了高山大川,造就了石林岩洞,造就了琥珀玛瑙,也造就了碧玉彩石……

大自然所给予人们的是如此之丰富,又是如此之神奇。

风浪越来越大了。

一个大浪,挟着风声,向着我的身边扑来,凉森森的水花,溅了我一身。紧接着,那一片雪白的水沫,就从我的脚下噬噬地响着,徐徐地向后退去。这时候,一片更加迷人的景色,出现在我的眼前:随着那潮水的后退,刚才被海水泼湿过的石子,色彩显得更加鲜艳更加绚丽了,明晃晃的阳光,照射在这片海水冲洗过的海滩上,那五颜六色的石子,就反映出一片珠光宝气的绚丽色彩，闪闪烁烁、明明灭灭的好看极了。更像一个令人眼花缭乱的珠宝世界。

　　这天晚上，回到住处，我躺在床上很久都睡不着，脑幕上老是映现着那碧绿的海湾、雪白的浪花、色彩缤纷的珠宝世界……

　　现在，我已把这些可爱的石子，带回了上海，并且分赠给了许多的知交好友。这些石子，又在我的友好的家里，映照出主人们赏心悦目的微笑，美的享受。它使人想起了纯洁，想起了坚贞，想起了高山，想起了大海，更想起了祖国的可爱。

　　　　　　　　　　一九八三年十一月二十一日于上海

打　更

所谓打更，就是要村里的人，在夜间轮流值班，每隔两个钟点就拿着梆子到村中各条街道上去巡逻一遍。敲梆报更，也就是沿用的古代打更的办法，入夜是一更，敲一下梆子；半夜是三更，敲三下梆子；天明是五更，敲五下梆子。

这打更究竟是什么用意？有什么用处？起什么作用？还在童年的我，是不甚了然的，只觉得它好玩，而尤其对更屋，更感兴趣。更屋就是打更人值班的屋子，一般的都是设在家庙里。冬景天，更屋的火炕上，烧得滚热滚热，屋子里炕上地下，挤满了人。农事已毕，地了场光，庄稼人闲暇无事，一到了晚上，就都到更屋里来聊天。我们小孩子更喜欢到这儿来玩耍，听大人们讲故事、说笑话。因为更屋的炕烧得热，屋子里暖和，所以有时我们就索性睡在更屋子里，也常常代替大人们打更。

寂静的深夜里，两个人结着伴儿，在冷清空寞的山村街道上走道，不时地敲起清脆响亮的梆子声，引起了一阵村犬的吠叫和小巷的回音，心里有一种说不出的滋味。而躺在那十多个人挤在一起的挑山火炕上，听着那天南海北的有趣的故事、传闻，在烟雾腾腾人声喧嚣的气氛中沉沉地睡去，更是一种赏心乐事和很大的享受。

啊，童年，可爱的童年，人是那么容易满足，又是那么充满了生活的乐趣。可是，也有风暴袭来的时候。

有一天晚上,又是轮到了我父亲打更,照例又是我去代替他,照例又是带着我的两个弟弟和我一起做伴儿,照例又是欢天喜地在热烘烘的更屋子里闹腾到半夜。三更时分,到更屋子里来玩的人们,都回家睡觉去了。我和两个弟弟,拿起梆子来,在大街小巷转悠了一遍;敲过了三更,也回到更屋子里来,打着哈欠,上炕躺下了。

夜是那么静,全村都已沉沉地睡去,鸡不叫,狗不咬,万籁无声,只听见炕洞里木柴燃烧的哔剥声、更屋东面结满了冰的大河里冰块爆裂的咯吱声。

在这极度的寂静中,我的两个弟弟都沉沉地入睡了,炕上所有的打更人也都沉沉地入睡了,我也沉沉地入睡了。

睡梦中,突然有人把我从梦中叫醒:

"起来,快起来!"

是压低了的紧张的声音。

我睁开眼睛一看,炕上的人全都起来了,一个个瞪大了眼睛,紧张地望着外面。我的两个弟弟也被人叫醒,他们揉着惺忪的睡眼,嘀嘀咕咕地:"干什么呀?"

"有情况,听!"身边又有人低低地喊了一声。

我侧耳听去,只听见一片咚咚的声音,从更屋东面和南面传了过来。这声音,像是有很多人在奔跑的脚步声,当中还夹杂着那跑在冬天钢硬的土地上的马蹄声……

"八成是鬼兵过路。"不知是谁小声地说。

我的心里也掠过了这样一个想法。因为就在前一天夜里,更屋子里还有人谈论起过鬼兵的事。他们说,我们这一带,在古时是个战场,所以南面的村庄叫战场泊,北面的村庄叫阵胜村。东北面还有个看斗村。当初,这古战场上,大军云集,尸横遍野,所以到现在,还有时在夜里听到东面的大道上有鬼兵过路的声音出现。这声音，听起来似有千军万马的脚步声，不断地从大道上滚滚而过，但却看不见一个人马的影子。

这故事，给我的印象很深，幼稚的童年，是不会怀疑这迷信的传闻的。所以这天夜里，一听到外面的脚步声，我自然而然地想起了鬼兵过，心里不禁害怕起来，只觉得头皮一麻一麻地发怵了。

每个人都像打愣了的鸡似的，木然地瞪大了眼，伸长了脖颈，紧张地听着外面的声音。

脚步声越来越近了，突然一声尖而长的马嘶，像刀子似的刺着人们的神经。我不禁一跳站了起来，旁边有一个人低低地喊了一声：

"不对，有情况。"说着，他俯身到窗台上的油灯前面，噗的一声，把灯吹灭了。

这时，我们也不再轻信这声音是什么鬼兵过了，而且也开始意识到了这更屋子的危险性。

黑影中，有人紧张地说了一声：

"官兵来了！这儿危险，他们会来捉我们的。"

顿时，更屋里乱成了一团。

有人开开门向屋外跑出去了。

我也拉着弟弟向着外面跑去。

外面，是漆黑的夜，脚步声越来越近，狗叫声响成了一片。

我和弟弟顺着大街向北一口气跑到了关帝庙前，突然听到北面也传来了奔跑的脚步声。

不能再向前跑了，我们就向西一拐，折向西面箩匠爷的院子里，在一堆草垛后面，躲了起来。我的两个弟弟，一个只有九岁，一个只有七岁，他们紧紧地偎在我的身边。虽然那时我也只有十一岁，但却意识到我这个大哥哥的责任，应该把他们保护好,我把他们推到草垛的后面,自己用身子挡着他们。他们却偏偏从我身后探出头去,向东面的街上张望。不知为什么,我总觉得他们向外瞭望就可能招来祸患,所以我就用力地挡住他们,不让他们向外看。而我,却禁不住地从草垛后面探出头去,向外张望。

脚步声咚咚地响到跟前来了。这时,透过夜幕,我看到有十多个黑影,咚咚地奔跑着,从东面的大街上向南跑去。黑夜中,看不清他们的装束,只看见刺刀在星光下闪闪发光。接着,就有一匹黑乎乎的大马卟卟卟地跑了过来,那马蹄踏在石子路上,敲起了几星蓝色的火花……

我赶紧向里缩了缩身子,屏住气息,紧张地听着。后面,再没有人跑过来。南面却有人向北跑,跑到东西大街时,又一起向着西面跑过去了,西街上的狗,就叫得更厉害了。

旋风已向着西面卷去,东面安静下来了。我的心,似乎放宽了一些,刚要挪动一下身子,突然听到北边屋子里"咚"地响了一下。我回头望去,只见北面箩匠爷的窗上,似乎有一根像棍子似的东西,从窗棂中伸了出来。这时,我的弟弟也看见了,他们一齐叫了起来:

"哥,你看,那是什么?"

人的生死,常常决定在一刹那巧合的际遇之中。我万万也没有想到,在箩匠爷的院子里,躲过了大兵,却又遇上另一件致命的危险,差一点送了我们弟兄三人的命。而我的弟弟的这一声喊叫,却把我们又从死亡的边沿上拉了回来。但是,这一切,我们当时却什么也不知道,没有半点察觉,我们只听到在我的弟弟喊了声"哥,你看"之后,屋子里面,就响起了一声长长的叹息:

"咳,这孩子!"

接着，那从窗棂中伸出来的棍子似的东西缩了回去，不见了。

接着，我们也趁此机会，从草垛后面钻了出来，离开了箩匠爷的院子，一溜烟似的奔回了自己的家里……

第二天早晨，街上就传开了：昨天夜里，村里来了"乡校"的马队和兵，捉走了西街上的大展，说他是共产党。

接着，箩匠爷来到了我的家里，抚摸着我和弟弟的头说：

"这孩子，你们的命大呀，只差那么一点……要不是我听出了你们的声音，早就扣了扳机了。"

听到这话，我和我的爸爸、弟弟都不禁伸出了舌头。

在我们村里，谁都知道，箩匠爷是打猎的好手，他有支一丈长的火枪，到山里打野鸡，尽打飞；打兔子，尽打跑；一枪一个，百发百中。原来，昨天夜里，他被街上兵马的奔跑声惊醒，不知是什么事，正要走出去看看，突然听到一阵脚步声，接着就有几条人影奔到了他的院子里，这就是我们弟兄三人。但是因为黑夜中，他看不清是谁，只看见几条黑影在他窗前的草垛后面。箩匠爷是一个单身汉，打了一辈子光棍，为人正直倔强。他以为是什么兵匪之类的坏人，要来捉他。所以他就拿起枪来，把枪筒从窗棂中伸了出来，扳起了机头，用手扣着扳机，瞄准了我们弟兄三人。只要我们的身子一动，他就要向着我们射击。幸亏这时我的弟弟不经意地叫了我一声，他听出了是我们的声音，才长长地叹了口气，把枪筒缩了回去。

听到这个情况，我妈妈吓得汗都出来了，连声地喊："老天爷呀，老天爷……"

我和两个弟弟，也都吐出了舌头，面面相觑，头皮麻酥酥的，一阵阵后怕起来。想起，那枪口离我们只有十几步远，枪膛里又装的是铁砂子，这枪声一响，我们三个人的头定会被打得稀烂!

啊,这真是侥幸,想不到躲难遇难,会碰上这样致命的危险,真是后怕得很,后怕得很。

但是,这种后怕,很快就过去了,代之而来的,是对大展被捕的悲痛。

这大展,论辈分,我叫他大哥。那时他二十七八岁,是一个为人和善淳朴老实的庄稼汉。平时话语不多,老是笑眯眯的,看到我在井台上挑水,他总是帮我把水桶从井中拉上来;看到我在山上拾草,他总是帮我把沉重的草篓子背回家。对我这样,对别的孩子也是这样,所以我们大家都很喜欢他,村子里的东邻西舍也都很喜欢他。

这样的好人,却被官兵捉去了。

我感到无比难过,眼里不禁掉下泪来。同时,心里却又明白了一件事:共产党,都是这么好的人!

以后,又听说那箩匠爷也是共产党。

无怪哩,他警惕性那么高,听到有人跑进他的院子里,他就要开枪射击。

啊,箩匠爷,也是一个非常好的人。

老水牛爷爷[1]

从河里回来,已经大半夜了。

我躺在床上,翻来覆去的总是睡不着:也许是老韦兆讲的那个老水牛爷爷的故事深深地感动了我,也许是旧地重游特别引起我兴奋的感情,我的心在强烈地激动着。

我爬起身来,重又走上大街。在街头闲谈的人们,都早已回家去了,大街上空荡荡的,连那最热闹的关帝庙前的空地上,也不见一个人影。

月亮高高地悬挂在深蓝色的夜空上,向大地散射着银色的光华。大街两旁那一排高大的白杨树,也向人家的屋顶上院子里投下了朦胧的阴影。珍珠似的露珠,从白杨的肥大而嫩绿的叶子上,从爬在老槐树上重重地下垂着的淡紫色的藤萝花穗上,悄悄地降落下来。大街上,飘荡着浓郁的花香……

温馨而美丽的四月的夜,分外幽静、迷人。

隅庄,在这温馨的春夜里静静地酣睡着。它睡得是那样幸福、安宁。在那些黑洞洞的散发着睡眠的气味的屋子里,不时地传出了年轻姑娘们幸福的梦呓声,甜蜜地躺在母亲怀里的孩子们的鼾睡声……

我踏着幽冷的月光,穿过大街,向着密密层层的围绕着村

---

[1] 本文收录进课本时有删减。

庄的果林里走去。林子里很静,杜鹃鸟在果林的深处不住气地啼叫。果树的嫩叶,在四月的微风中絮语。蝙蝠,扇动着它那半透明的黑纱似的翅膀,在树枝的空隙间沙沙地飞翔……

这一片方圆十多里的有名的隅庄果林,苍郁葱茏,活像一片绿色的大海;清晨和黄昏,果树的梢头,总是浮动着一层白蒙蒙的烟雾,活像笼罩在海面上的雾气。七年以前,匪军侵陷了昌潍平原的时候,我们的武工队就经常在这片大海似的果林中出没,打击还乡团匪徒;而敌人也曾在这里袭击过我们。那时候,果林里时常震响着枪声,树底下的沙地上,时常散落着许多被炮火打断的树枝和果子。隅庄,没有一个夜晚能睡得像今夜这样幸福、安宁;果林,也从来没有像现在这样的繁茂、幽静。

像回到了我的海滨上的故乡一样,在阔别了七年之久的隅庄,一个人、一棵树,都能引起我的许多思念和感慨,都能激起我心灵上的强烈激动。我在果林里长久地踯躅着,像造访我的久别的朋友一样,对每一棵我所经过的树下,都要轻轻地抚摸它一下,仔仔细细地打量它一番。我看见,有一棵当时曾被枪弹打穿了的苹果树,现在长得又高又粗了,那茂密的枝头上正怒放着粉红色的花朵、散发着馥郁的花香。当时打在树干上的弹洞,现在连个疤痕也不见了,树身长得又直又滑,简直和没有受过伤一样。青春和顽强的生命力,战胜了创伤,度过了凛冽的寒冬,用它自己的鲜花,点缀着美好的春天。

月亮已经爬上中天了。树林子里浓荫重重的沙地上,投射着斑斑驳驳的月光。风来了,树枝摇曳着;月光、树影一齐晃动起来,婆婆娑娑地,活像微风吹动着碧绿的湖水,晃动着反映在湖面上的蓝天白云一样。我慢腾腾地走着,望着鲜花怒放的果树、闻着阵阵的花香,我的心里,也充满了愉快,我和它们共同分享着春天的快乐。

突然，一棵枯死了的老树挡住了我的去路。这树的半腰里，有一个碗口大的疤痕，树头已经没有了，只有三两根光秃秃的枝丫，孤零零地伸向天空。

我猛然想起来了：这是一棵梨树，在当时，是全果林中最老最大而结果又最多的梨树。它的枝叶扑撒着像个亭子盖一样，它的腰杆弯曲着像个老头儿一样，所以我们都叫它"老头树"。那时候，我们的队部，就经常住在这棵树底下。有一次，敌人包围了树林，用猛烈的炮火向林中轰击；我就隐蔽在这棵老头树后，向着敌人还击。突然，一颗炮弹飞来，在树下爆炸了，一股黑色的烟雾，在我的脚下涌起，断枝、碎叶、将熟的青梨，纷纷扬扬地落了我一身。我以为自己受伤了，活动了一下，竟没有什么痛楚。烟雾消散了，我仔细一看，只见这棵老头树的半腰上，打了碗口大的一个洞，绿澄澄的水汁，从那被炸断了的毛茸茸的纤维上淌了下来；亭子盖似的树头没有了，断枝在冒着一缕缕黑烟。在当时，我没想到它会死，而且在紧张的战斗中，也没有时间去想得那么多。可是现在，我回想起来的时候，却不禁感慨无限。它是死了，它用它那粗壮的躯体，保护了我的安全，也保护了生长在它周围的许多小树的安全。现在，被它保护下来的这些小树，都在蓬勃地生长，有一些已经长成了大树，开花结果了；我呢，也依然健在。可是，它却死了！

我的思绪奔腾着，我的感情激动着。于是，我又想起了刚才老韦兆对我讲的那个老水牛爷爷的故事——

今天下午，我来到了隅庄。找着村支部书记老韦兆同志，想请他和我谈一谈村中这几年的情况。那时他很忙，正在开会布置春耕生产工作，就约我今夜间到河上去谈。因为他夜晚要到河里去下挂网，那时有空闲。

晚饭以后，老韦兆提着网，他的十岁的孙子小宝提着鱼篮，我们三个人一起出了村头，穿过了果林，向着村西面的潍河里走去。

这时候，月亮刚从平原上探出头来，河面上闪烁着一道道鱼鳞似的银光。春天的潍河，是温柔的、娴静的。金色的鲤鱼，不时地跃出水面，把平静的河水，激起一个个银色的圆圈。银圈在扩大着，扩大着，一直地扩展到河两岸堤坝下面的水草里。于是，浸在水里的星星，也闪闪跳跳地晃动起来，活像无数颗珍珠在一幅蓝绸子上滚动着。河水轻轻地拍击着堤岸，发出泼剌泼剌的响声……

老韦兆把网下好以后，让小船无拘无束地在银镜似的水面上轻轻地滑行着。他掏出烟袋来，蹲在船头上，吧嗒吧嗒地吸着了烟，看了看我，说：

"老孙同志，咱庄上这几年的变化可大哩，每一家的生活比起你在这的时候，真不知提高了多少！你还记得吗？有一次你到我家去吃饭，尽吃了些地瓜叶子，我老婆出去借了一半糠粑①给你，你还没舍得吃，留给了我的老母亲。现时，可好，哪一家不是大囤子满小囤子流的？不要说别的，就拿上学的孩子来说吧：你在这的时候，全庄学生总共还不到三十个人；现在，光在东庙上念的就有一百二十多个，在马家围子中心小学的有十二个，在城里上中学的有八个。你瞧！比起从前来差到哪里去啦？这些我不想多说了，你不是要在这多住几天吗？那好，反正你自己会看得见的。我想和你谈一谈你认识的那些党员同

---

① 糠粑是昌潍地区老百姓吃的一种食物，是用高粱面或小米面做的，有的地方叫窝窝头。

志的情况，好不好？"

"好，我也就希望知道这方面的情况。"

"先谈哪一个呢？"

"随便你。"

老韦兆歪着头想了一想，说：

"那我就说一说老韦璞吧。唉！一看见我们现时享的福，我就想起了老韦璞同志。"

"老韦璞？"我觉得这个名字有些生疏，一时想不起来。

"你忘了吗？就是那个养着一条大狗的老头子，你在这里的时候，他担任村支部的组织委员。"

噢！我想起来了：

"不就是那个外号叫老水牛的老汉吗？"

"是他。"老韦兆的声音很低，话语里有一种不安的声音，刚才谈到生活时的那股兴奋情绪忽然没有了。

"他现在怎么样？"

老韦兆没有回答，眼睛在呆呆地凝视着碧澄澄的河水出神。我不禁诧异起来了，回头看看小宝，小宝也忽地转过头去。就在他一转头的时候，我看见他的眼睛下面，有一道亮晶晶的东西迎着月光一闪。我更疑惑了。

"老伙计，你快说呀！"我着急地催促起来了。

老韦兆还是不作声，好像有一块什么东西哽在他的喉头。他大声地咳嗽了两下，就拿起烟袋，狠狠地吸起烟来。带着苦味的白烟，一大股一大股地从他的耳边向着天空飘去。

我等待着。

他抽完了一袋，又装上一袋，抽完了一袋，又装上一袋，好久都不停止。

一种不祥的感觉，沉重地压上了我的心头。

就在这深沉寂静的空间里,老水牛爷爷的影子,出现在我的面前了:一副古铜色的脸孔上,镶着一双亮光闪闪的眼睛;尖尖的下巴上,飘拂着一部苍白的络腮大胡须。高高的个子,宽宽的肩膀,说起话来,声音像洪钟一样响亮;走起路来,地皮都踏得一忽闪地。一只黄毛大狗,老是跟在他的后面,和他寸步不离。——这就是我从前初到隅庄时老水牛爷爷给我的印象。那时候,他在村中担任村支部组织委员,我就住在他的家里。他是一个单身汉,家里除去了他的名为"黄狮"的大狗之外,再没有什么别的活物了。他从小受穷,讨不起老婆,打了一辈子光棍。也许是长时期的独身生活的原因吧,他非常酷爱养狗。他的黄狮,被他训练得简直就人性化了,他叫它干什么它就干什么;他走到哪里,它就跟他到哪里。记得我住到他家里的第一天,黄狮和我不熟悉,堵着门口直朝着我叫,不让我进门。老水牛亲昵地拍着它的头说:

"瞎汪汪什么?把朋友领进来!"

黄狮果然就听话地摇摇尾巴,咬着我的衣襟,把我领到屋里去。很快地,我就变成这个冷清的家庭中的一员了。主人和黄狮,都成了我的好朋友。

起初的时候,"老水牛"这个奇怪的名字,使我不解,我问他:

"为什么都叫你老水牛?"

他只微微一笑,说:

"尽是他们年轻的人瞎胡闹!"

看样子,对于这个绰号,他并不怎么反感。日子长了,我也就慢慢地知道这个名字的来历了。原来这名字包含着两个意思:第一,他会凫水,而且凫得特别出色。虽然潍河沿岸不论男女绝大部分都会凫水,可是真正能够赶得上他的人,却找不到几个。夏天,潍河里涨大水的时候,不管怎样的大风大浪,他能双手擎着衣服，在一里多宽的河面上，走上一个来回，衣服一点也湿不着。高兴的时候，他用一撮青草把耳朵一塞，一个猛子扎到河底，像一只梭鱼似的，出溜出溜地一口气钻到对岸。第二，他的脾气很怪，真像牛一样。平日话语不多，轻易不见他张嘴。可他总是喜欢帮助别人，他人大力大，干活迅速，街坊上哪一个孤苦的老婆婆家里没有水了，只要喊他一声，他就会立刻跑来，笑眯眯地拿起担杖，一口气给挑满了缸。哪一个小孩背着草或者是拿着什么别的东西在路上走不动了，只要他看见了，就会把大手一伸，一声不响地替他们背上；有时候高兴了，竟连小孩子也一起背了起来。在这种时候，他永远是那么笑眯眯的，全身心都沉浸在愉快中。可是，要是谁过意不去，当着他的面说一些感谢的话的时候，他会把眉头一皱大手一挥转身就走。谁要是趁过年过节的当儿送一点鸡蛋、油饼之类的东西去给他打人情的时候，他就会生气地连人带东西都推出门外去。日子长了，大家都摸熟了他的脾气，也就不再去惹他不高兴了。谁家有了什么事，就像使唤自己家里的人一样，随时地去叫他帮忙。——这样，这个老水牛的名字，就给他叫开了。又因为他在村中的辈分最大，所以都称他"老水牛爷爷"。

　　昌潍地区解放以后，他当上了村干部，群众对他的信赖就更大了。一点小事都希望听听他的意见；两口子吵架，也去找他评判评判。他呢，不管大事小事，只要找到他身上，没有不尽力去办的。一双眼睛，老是熬得红红的，像个烂桃子一样。可是他总是默默不响地干，干。他真像一头牛，给他一千斤他拉着，给他一万斤他也拖着，他永远是那么默默无声地负着重担，顽强地前进着。好像先天赋予他那副强壮的体格，并不是为了他个人，而是为了所有的人类。

　　那一年秋天，国民党匪军开始了向胶东解放区的进攻，攻陷了昌潍平原。我们成立了武工队,在处于敌人的后方的隅庄一带坚持对敌斗争。老水牛爷爷也参加了武工队,和我们一起在潍河岸上打游击。有一天,他奉命和本村一个叫韦忠的民兵,夜晚插回隅庄去侦探敌情,不幸被敌人捉住了。匪徒们把他吊在梁头上,用香火烧,用辣椒水灌,逼他供出我们武工队的住址和行动意图来。老水牛被折磨得昏迷过好几次,可是他紧咬着牙关,一句话都不说。敌人气极了,把他的门牙一颗颗地敲掉。他噗的一声,连牙齿带血水一起喷到了敌人的脸上,还是什么都不说。敌人没有办法,就去拷问韦忠。这个熊家伙,挨了还不到两棒子,就什么都说出来了。匪徒们一听,立刻慌张起来了。因为他们知道了我们武工队就在他们附近的果树林子里,而且下半夜就要来袭击他们。他们顾不得再拷问了,一面火速调动队伍去包围我们的武工队,一面又派了两个匪徒把老水牛和韦忠向城里解送。在当时,被解送的人并不知道他们要被送到哪里去,还以为是要拉出去枪毙呢!也不知是因为害怕呢,还是因为良心上受到了责备,在走出匪兵队部门口的时候,韦忠哭丧着脸畏畏缩缩地叫了一声"老水牛爷爷"。

老水牛连看也没有看他,扬着头挺着胸气昂昂地在前面走了。他们走出了村头,一直地上了烟潍公路,又顺着公路直往西走。在这时候,他们才知道是要往城里解。韦忠高兴起来了,紧赶几步走到老水牛身边,小声地说:"老水牛爷爷,看样子咱们是死不了啦。"

老水牛恶狠狠地瞪了他一眼,紧闭着的嘴唇里,迸出了一声:"给我滚!"

韦忠像挨了一鞭子似的,把头向肩胛里缩了一缩。

一会儿,他们走上了潍河大桥。这时候,夏汛虽已过去了,潍河里仍然泛滥着汹涌的秋天的洪水。那一夜,有风,满河都翻滚着白花花的浪花。这时候，月亮被一片不大的白云罩住了，河面上灰蒙蒙的，像隐在迷离的烟雾里一样。

一上桥，匪兵们就提高了警惕，他们把背在肩上的枪取下来，端在手里，紧紧地跟在他们的身后。走到桥中间的时候，老水牛回头看了一看，韦忠在后面离他还有三四步远，他轻轻地叫了一声："韦忠，你来。"

韦忠紧走几步，靠到老水牛身边伸着脖子问道：

"咋？你叫我……？"

他一句话还没说完，老水牛就把膀子一晃，嘴里咒骂了一声。

扑通一声，韦忠掉到河里去了。

匪兵们还没有从震惊中清醒过来，老水牛就把脚一跺，扑通一声跳进河里去了。

桥上的枪响了。子弹像雨点似的，噼噼啪啪地落进了河里，激起了一朵朵白色的水花……

老水牛扎到水底下，挣断了身上的绳子，又浮上来找到了韦忠，他憎恶地把尸首向水面上一推。就在这个时候，一颗流弹打中了他的右臂，一阵火烧火燎的痛楚，血咕嘟嘟地冒出来了。他咬着牙，重又潜入了水底，忍着刺心的疼痛，向着下游的岸边凫去……

这一天晚上，我们在树林子里，等了好久，不见老水牛和韦忠回来。大家都很诧异、就派侦查员进庄去侦察。一会儿，侦查员回来了，说："老水牛和韦忠被捕了。"我们大家都非常着急，许多人都提意见马上去营救他们，可是里面的情况没摸清楚，又不好盲目行动。正在拿不定主意的时候，在树林子外面放游动哨的便衣跑回来了，老远就喊："老水牛回来了！"

我们一回头，只见老水牛全身湿淋淋的，跌跌撞撞地跑过来，张大着没有了牙齿的血淋淋的嘴，气喘吁吁地说：

"快、快，快反（转）移，敌人要来否（包）围了！"

话一说完，他就像撒了气似的，软软地倒下去了。

我们立刻集合起队伍，抬着老水牛爷爷向东转移。当我们走出二里多路的时候，后面林子里的枪声就响起来了——敌人扑了空。

当天夜里，我们就派了几个人通过敌区把老水牛送上了野战医院。

一个多月以后，他回来了。他的嘴里，已经镶上了一口白玉似的牙齿，说话不再漏风了，"转移"也不再说成"反移"了。可是，他那只右臂，却从此成了残疾。

——他就是这样的一个好老人。难道说这样的好同志，危险艰难的战争都熬过来了，在和平幸福的生活中还会遇到什么不幸吗？于是，我又一次地催促老韦兆：

"老伙计，你快说吧！老水牛爷爷到底怎么样了？"

似乎是借着烟的力量，暂时地支持住了内心的痛苦，老韦兆把烟锅在船板上叭叭地磕了两下，叹了口气说：

"他死啦！"

啊！我的可怕的预感终于证实了！像在三九寒冬泼来了一瓢冷水，我嘚嘚地打起寒战来了。

"怎、怎么死的？"

"唉！"老韦兆又叹了一口气，"说起来嘛，真叫人心里难受。去年夏天，雨水特别勤，一入伏，雨就接接连连不断地下。山里下来的洪水，一场接着一场，二道河都灌满了。那时候，老水牛担任村支部书记兼防汛大队的中队长，带着人不分日夜地在堤上防汛。一连一个多月，他没有好好地睡一觉，吃饭也是饥一顿饱一顿的。到情况紧急了的时候，他简直就什么也顾不得了，整日整夜地带着他的黄狮在堤上巡逻、指挥。实在是瞌睡不过了的时候，他就把蓑衣在堤坡上一铺，闭一闭眼睛。谁的身子也不是铁打的，几天以后，他就病倒了。直屙肚子，直屙肚子，屙得两只眼睛也凹下去了。可是他还是在堤上。我那时担任村长，看到他那个样子，心里实在过意不去。你知道，我和他是光着腚的时候就相好的朋友，没有说不着的话。我就劝他说：

"'老伙计，你还是回去休息休息吧。这样是不行啊！'

"他不但不听我的话，反把大手一抡，大剌剌地说：

"'管我的闲事干什么？你自己没事干啦？'

"我倒没生他的气，我知道他就是那么个脾气：顶讨厌人家可怜他。

"这一天，天放晴了。河里的水也渐渐地看落了。

"堤上的人都回家去了。老水牛也一跌一晃地回去了。

"我想：好，今夜里大家都可睡个安稳觉吧！

"哪知道天傍黑的时候，县防汛指挥部又来了通知说：昨天夜里，河上游下了大雨，今天夜间九点钟左右，有四千个流量的大水下来，叫我们立即做防汛准备。

"我拿着通知心里为难了：告不告诉老水牛呢？不告诉他吧，四千个流量的大水这几年还没有过一次呢！这样紧急的情况，不告诉他怎么能行呢？告诉他吧，他病到那个样子，真叫人心里不忍。最后，我决定还是不告诉他，所有的工作由我来替他去做。于是我来了一个紧急集合，把防汛队员都召集起来上了堤，又去检查那一段险工。你知道，咱们庄西头的那一段堤，因为全是沙的，每次大水过了以后总是要重新修理的。我检查了以后，就决定重新打桩挂柳①。

"那时候，太阳已经磕着河西岸的树梢，离大水下来的时间已经不远了，要赶紧突击哩！

"可是，一说起挂柳，大家伙儿都不吭气了。

"老孙同志，你是知道的，挂柳要用树才行。可是咱们隅庄哪有别的树呢？有的全是果树，而那个时候，梨、山楂、苹果又都快熟了，砍倒了一棵，少说也糟蹋一二十万。庄稼人拿着这一二十万比命还贵重哩。再说那年春天，上级花了很多钱动员了五六万民工，把大堤加修了一次，几场水下来没出过事，老百姓也都有些麻痹思想了。所以一听说挂柳，都不高兴，怕糟蹋自己的树。叫这个去砍这个不动，叫那个去砍那个不听，真把我难坏了。又不兴强迫。说服吧？咱的嘴笨得像棉裤腰一样，也说不服人家；带头吧？我自己又没有一棵树。这可怎么好呢？我愁得直挠头。正在这时候，老水牛来了。这个老家伙，也不知道从哪里听说了今夜要下来大水的消息，气呼呼地爬上堤来，大胡子一抖一抖地冲着我就骂：

"'老韦兆你这个家伙！'

"我笑了。就说：

"'你快走吧，这儿用不着你！'

"他更火了，把眼一瞪：

"'你少和我耍熊！'

"我说：'你真是狗咬吕洞宾——不认识好人。我是可怜你有病。'

"'我不用你可怜。你光可怜我一个人就行啦？'

"看样子他还要骂我，可是一回头，看到大家那种闷闷不乐

---

① 打桩挂柳，就是在河堤上打下些木桩子，桩子上再挂上一些树枝子，这样可以保护堤坝，免遭洪水冲刷。

的样子，就顾不得骂我了。抓着我的胳膊说：

"'怎么回事？'

"我把刚才的情形告诉了他。他问：

"'要用多少棵树？'

"'二三十棵。'

"'那好办！'他把大手一抡说，'来吧，伙计们，跟我走！'

"我奇怪了：

"'上哪去？'

"'哎！你们只管跟着我走好了！'

"好，我们就跟着他走了。走来走去，走到了他的园子里。他拿起斧头朝着一棵很大的苹果树就砍，一面招呼我们：

"'快动手砍吧，二三十棵总有，快！'

"大家伙儿一见这情况，都你看我，我看你，站在那里一动不动。哪一个好意思不砍自己的而去砍别人的呢？他火了，气冲冲地说：

"'你们停着干什么？像打像愣的鸡一样。大水马上就下来了，你们却不知道着急！快砍！'

"大家还是不动。有几个就出来说：

"'砍你的还不如砍我们自己的，我们的树比你的多。'

"'嗳！别说什么你的我的啦，快砍吧！'老水牛不耐烦地说。

"可是不管他怎么说，大家总是不动手。我说：

"'这样吧，每一个人都回去砍自己的一棵，凑起来就够了。'

"大家都齐声地说：'好，就这么办。'

"可是，老水牛不让，他那个脾气，执拗起来真像头牛一样，他非要砍他的不可。他老是说时间来不及了，东砍西砍的一时凑不齐，怕耽误了事情。可是不管他怎么说，大家都还是跑着去砍自己的去了。老水牛气得站在树底下呼呼地直喘气……

"树很快地就凑齐了。

"这时候，太阳已经落下去了。

"天空东北角上的那块乌云越来越大了。

"小北风溜溜着，河岸上有一股土腥味儿；雨，眼看就要上来了。

"我们就下水挂柳。老水牛也跳下了水。我本来打算劝他别下河，只在堤上看着就行了。可是我又怕碰他的钉子，所以我也就没说什么。不过，在水里我总是围着他转转，眼睛时刻都盯着他，防备着他万一支持不住。

"果然，他下水不久，牙齿就嘚嘚地敲起来了。浑身打战，眼看就踩不住水了。

"我也不管他愿不愿意，过去架起他的胳膊来就往岸上推。这一会，他没有骂我，只是朝着他的黄狮喊道：

"'黄狮！回去把我的酒瓶子拿来！'

"黄狮摆了摆尾巴走了。一会儿，它嘴里就衔着一个琉璃瓶子跑了回来。老水牛接过瓶子来，嘴对着嘴咕嘟嘟地喝了几口，又递给我。我看见里面的酒不多了，就摇了摇头。他也没有再让，放下瓶子，又跳下水去了。

"柳还没有挂完。大水就下来了。

"嘿！我的天哪！在大河边上我活了五十多岁，还从来没看见这么大的水哩！那水头子像座小山一样，哇哇地叫着，带着一股大风，呼呼地直扑过来。我觉着好像有个人在水下面把我往上用力地一擎，忽的一声，就把我推上了堤顶；忽的一声，又把我拉回了黑洞洞的浪头子沟子里来。就这么三摇两晃，我的头就昏起来了。我觉得天旋地转，肚子里直想着呕。正在这个节骨眼儿，雨又下起来了。大雨，就像鞭杆溜子似的，哗哗地直往下泼，泼得人眼睛睁不开，耳边里只听见一片惊心动魄的哇哇的响声……

"我勉强地睁开眼睛，踩着水，四处搜寻老水牛的影子。

"可是怎么也看不到。大雨像一匹白布一样，直上直下地把河面遮得白蒙蒙的，什么也看不清。像小山一样大的浪头，一个跟着一个压下来，把人一下子涌到河岸上，又一下子卷到河里面来。我转了两个圈儿，没有看到老水牛的影子，心里就急了。要是退回十年去，再大一点的水，我也不替他着急，可是现在就不行了。我知道他不光是在害病当中，而且他的右胳膊受伤残疾了，在水里只能用一只手凫，这怎么能行呢？于是，我就大声地喊。可是，大雨和大水哗哗地响着，我挣破了嗓子喊出去的声音连我自己也听不见。

"黄狮不见主人，也急了，朝着河里汪汪地叫了起来。

"正在这时候，我忽然觉得有人在我膀子上打了一下。我一转头，就看见老水牛一只手凫着水，满脸怒容地说：

"'你在这瞎转转什么？那边还有一处柳没挂上，快来！'

"哈！我高兴了。这个老家伙，原来他钻在水底下挂柳，却叫我四处好找，把我的嗓子都喊哑了。

"我和他踩着水，把柳统统挂上了。

"我说：'上去吧！'

"他没有吭气，只把手往我的肩头上一抱。我知道他是不行了。他这个人的脾气我知道：不到十二万分的时候他不肯求人，要是看见他求人了，那就是他一点力气也没有了。我抱着他，只觉着他的全身都在嗦嗦嗦地颤抖，我自己也累得头昏脑涨了，两个人好容易才爬上了堤岸。

"黄狮高兴地摇着尾巴撒着欢来欢迎我们。

"老水牛长拖拖地躺在地上，全身一抖一抖地直打战；看样子连喘气的力气都不大了。雨，还在哗哗地下着，雨水顺着他的脸往下流。我劝他回去，他已经没有力气骂我了，只是生气得直皱眉头。好吧，不回去就不回去吧，我们大家一齐动手，把他抬到后坡堤半腰上临时搭起的窝棚里，地上铺了点干草，让他躺在那里。可是，他还在打寒战，我摸了摸他的头，头滚热滚热的，像块火炭一样。眼睛瞅着酒瓶子，我知道他是心里冷要酒喝，就把瓶子拿过来。可哪知道瓶子空空的，半点酒都没有了。我真火了，就冲着大伙嚷道：

"'是谁？这些没眼珠子，可好意思哩！'

"大伙都不吭气，却一齐望着四小鬼。老孙，你还记得吧？四小鬼就是你在这里的那时候，他当村公所的书记贪污了公粮被群众撤职了的那个坏家伙。他活不干，站在堤上看光景，还喝了老水牛的酒。我现在真恨死了他，要是当时他不喝老水牛的酒，兴许老水牛还不能那样就完了。这家伙倒像没有事一样，龇着个牙，嘻嘻嘻嘻地说：

"'谁喝了还不是一样？'

"我真想着揍他一顿，我的手直痒痒。老水牛瞪了我一眼说：

"'你咋？喝了就喝了哞！'

"正在这个时候，突然有个人像攮了一刀子似的大声地嚷道：

"'不好了！堤透水了！'

"我们忽的一声爬起来，跑到窝棚外面。只见就在我们的窝棚根底下，有一个茶碗口大的地老鼠洞，堤外的河水，咕嘟嘟地从洞口里向堤里面冒了出来。

"啊，我们大伙的脸，刷的一下子都吓得煞白了。

"老孙,你是知道的,堤上出了这样的洞,那就十有九成要决口了。因为这样的洞是从堤里通到堤外的,河水灌进来,三冲两冲,不用吃袋烟的工夫,就会忽通一声把大堤拦腰冲断了。大堤一决口,那就不必说了,河东岸几千个庄子,一下子就冲平了。啊!险极啦!

"报警的大钟,当当当地响起来了。

"堤上的人,像一窝蜂似的轰的一声四处跑散了。

"东面抚安一带来的民工,扛着锹锸就往东跑。

"这庄上的一些人就赶紧跑回家去,把箱子柜子搬到胡同口上堵起来。也有人拉着牲口抱着孩子往北面的沙阜上跑,还有人连自己的老婆孩子都不顾了,一个人爬到大树上去……

"你听吧,这时候就像塌了天一样,满山遍野都是大人哭孩子叫的声音。一听见这种声音,我就想起光绪年间那次大水灾来了。那时候,我还小。天傍亮的时候,从隅庄到王家抚宁三里多长的大堤一下子冲塌了,大水像从天上直倒下来似的,哇哇地叫着从我们的村中间直向东冲过去。我和我爹我娘趴在祠堂的尾顶上,眼看着水头子一过来,我们的那一幢房子忽隆一声塌下去了。我的叔叔和我的婶子每人抱着一个孩子瞪着吓得发直了的眼睛在水头子前面跑。人哪能跑得过水呢?水头子就像一条大黄蛇一样哇哇地叫着紧跟着他们的屁股追。我的婶子抱着她那才满周岁的小女孩,跑一会回头看看,跑一会回头看看,越看水离她越近,眼看就追上了。我真替她着急,就大声地喊道:'婶子,快跑呀!快……'还没喊完,就听她啊呀了一声,一个浪头就把她扑倒了,只见小孩的帽子在水上跳了两跳,就什么也不见了。我哭起来了。可是,一回头,我又看见对面的那座房子上的大人孩子也叫起来了,叫着叫着,房子忽隆一声倒下去了,房子上的人也随着房子一起掉进了水里。我的娘紧紧地抱着我,眼泪像河水一样地淌下来,说:'孩子,咱活不了了。'我爹爹一声不响地望着那滚滚的大水。只一夜的工夫,他乌黑的头发就变白了……大水一直往东流下去,河东成了一片汪洋大海,大鱼在屋顶上打扑腾,死尸在树梢上漂流……一直到第六天,大水才落了下去。许多村庄都冲毁了,旧时的痕迹一点也看不见了;许多很肥很肥的好地,都被沙盖死了。至于淹死的人和牲畜,那就更没法计算了,少说也有几万……

"一想到这里,我的全身就冒出了冷汗。啊!天哪!我逃出了那一次,不知道能不能逃出这一次了?我的老婆、孩子、我的家产……?想着想着,我的手就瑟瑟地抖索起来了。不过,我却没有跑,我只是站在老水牛身旁直搓着手说:

"'怎么办?这可怎么办?'

"这时候,老水牛不知从哪里来的一股子力气,三步两步爬上大堤,朝着那些四处乱跑的人大声地喊道:

"'都别跑啊!都别跑啊!快回来呀!快回来呀!'

"哪里能叫得听呢?人都各自奔着逃命去了。四小鬼那个家伙跑得比谁都快。连自己的老婆孩子也都丢下不管了。

"大堤上面,只剩下了老水牛和我们四个党员。

"这时候是多么危险哪!我们脚底下的那个老鼠洞越来越大了,说不定什么时候,就会忽通一声,地皮陷落下去,把我们冲进了洪水里。我们真像站在一个冒着烟的大炸弹上面。太危险了,太危险了。我的心怦怦地直跳,我仿佛觉得我脚下的沙土在簌簌地直往下落。

"老水牛却还是那么沉着,他望着那些越跑越远的人,生气地说:

"'蠢家伙,你们跑得再快,还能跑过水头子不成?'

"他转过头来,看了看我们四个人,就不紧不慢地说:

"'伙计们,全河东几十万人的性命,就在咱们这五个人身上了。怎么办吧?'

"'干吧,那还有什么说的。'我说。

"'对!'老水牛说,'咱们这五条命都豁上,也要把洞口堵住。好,去吧,你们赶快扛沙包去,我到河里去等你们!'

"我拉了他一把说:

"'你不行,还是我下去吧!'

"他把我的手一甩,扑通一声跳进河里,扎了一个猛子就不见了。

"我们拼命地跑到放沙包的地方,扛着沙包就跳下了河。河水还在继续往上涨,河边上堆着一层层白色的泡沫。我扎了一个猛子,钻到了河底,顺着堤坡在水里摸索。可是摸索了半天,也没找到那个洞口。

"你知道,我的水性虽说也不错,可是在水底下停不许久就要上来换气,再加上我还扛着个一百多斤的沙包,就更不能持久了。我摸索了一会,就浮了上来。那三个人也没有找到洞口,也都浮上来了。水面上,四个人头在漂荡着,却就是不见老水牛。我知道他一定是找着洞口扎进去了,于是我们又扎进了水底,重新顺着堤坡摸索。

"哦!这一回我摸到了。

"这个洞口已经有水缸那么粗了,水旋转着直往洞里冲,四面的沙土,刷刷地直往下流。我把沙包塞上去,不行,洞口太大,堵不住。我又往里面爬了一爬,里面越来越窄了,水灌到这里,好像遇到了什么挡阻,又旋转着倒流回来了。奇怪,什么东西把洞门挡住了呢?莫非是老水牛?我用手摸了一下,触着了一个软绵绵的东西。我的心一动,又摸了一摸,摸着一条腿。啊!果然是他,他的身子上下弯在一起,像个大元宝似的,紧紧地堵住了洞眼……

"我真想说：老伙计，幸亏你，要不，大堤早冲垮了。起来吧，起来吧，沙包来了。可是在水底哪能说话呀！我感动地用手拉了拉他，他没有动。

"咦，怎么搞的？我又拉了他一下，他还是没动。我的心慌了，就使劲地在他的大腿上拧了一把，他还是没动。我的心立刻像刀绞一样地痛起来了。

"我咬着牙，使劲地把他拉了出来，把沙包塞了进去。可是，在我堵上沙包回身来抱他的时候，却找不见他了。当我刚浮了上来，一个白花花的像小山一样大的浪头，劈头盖顶地直压下来。雨，还在哗哗地下着……"

老韦兆说到这里，声音低沉下去了。

"怎么，你再没有找到他吗？"我着急地问道。

老韦兆摇了摇头，又在大口大口地抽烟。

小宝瞪着一双泪汪汪的眼睛，望着爷爷说：

"爷爷，人家都说老水牛爷爷没有死。"

老韦兆狠狠地抽了两口烟，眼睛一动不动地望着黑沉沉的河水说：

"是的，许多人都说他没有死。可是从那以后谁也没有再看见他。当天夜里，区长亲自带着几十个人下水去打捞他的尸体，一直捞到天亮，也没捞出个结果来。

"第二天，消息很快地就传遍了全县。

"人们立刻从四处赶来了，男的女的老的小的，十里八里的，三十里五十里的，就像赶庙会一样，纷纷拥拥地都赶到隅庄来看。可是，能看到什么呢？什么也看不见。只看见滚滚的洪水，浩浩荡荡地向大海里奔流……

"来的人都站在河边上，望着河水流眼泪。小宝他娘用脸偎着小宝，满脸是泪地说：

"'孩子，你知道吗？要是没有老水牛爷爷，咱娘俩早就填进鱼肚子里去啦，哪还能活到现在？'

"区长带着区干部和中心小学的学生打着国旗到河边上来，成半天价对着河水站着，河边上没有一点嘈闹的声音，只有忽隆忽隆的河水声和抽抽搭搭的哭泣声。许多老头子都哭红了眼睛，许多老婆婆都哭出了声。天，也是阴沉沉的，雨，滴滴答答地老是下……

"许多人都捐粮捐钱给老水牛爷爷抚养家小。可是，老头子只是光棍一根，哪里有什么家小呢？大家都不死心，一定要到老水牛爷爷家里去看看。哪知到那里一看，心里更难过：屋子里空荡荡的，什么也没有。昨天中午没吃完的半碗稀饭还在锅台上放着，一双筷子搁在碗上，看样子好像是他正吃着饭忽然有了什么急事，他就搁下了饭碗，准备办完了事回来以后还要继续吃下去。可是，他却永远不能回来了。这个无儿无女的老头子，生为大家生，死为大家死；活着整天价不说不道地埋着头给大家干活，死也是无声无息地为了大家的利益。大家伙儿一想到这里，都又流泪了。

"第二天，四乡里来的人更多了。东面离这儿七十多里地的仓街一带也都来了。从此以后，四乡里每一天都有人来，虽然来到河边上什么也看不见，可是人还是接连不断地来，好像只要来看一看堤上的那个已经堵住了的洞，看一看老水牛爷爷的那座空荡荡的房子，人们就算尽了自己的一份心意似的。还有一些老婆婆从几十里地以外赶来，拿着成股的高香，在河边上烧着，朝着河水嘭嘭地磕着响头，满脸流着泪说：

"'老水牛爷爷，你要是活着，你就早些回来；你要是死了，你就显个灵给俺看看！'

"最叫人难受的是那只黄狮啊!

"这个可怜的畜生,自从那天它主人跳下河去以后,它就一直地在河边上蹲着,眼睛一动不动地望着那滚滚的河水。有时候,河中间的急流里有漩涡的地方,忽隆的一声,像有一个什么大东西翻了一个身似的,涌起一个很大的浪头。这时候,黄狮就站起身来,朝着那个浪涛汪汪地叫了起来。一会儿,浪涛平息了,这个可怜的畜生就眼里含着泪水失望地蹲了下去……

"一天两天过去了,三天四天又过去了,黄狮却仍然蹲在那里望着浪涛叫唤,望着河水流泪。

"我们看见了,心里都很难受。就家去拿些秕粘送到河岸上给它吃,小宝还把自己不舍得吃的馍馍送给它。可是,它只冷冷地看一看,却半点都不吃。不管它吃不吃,大家伙儿还是接连不断地送给它,好像这样做,就多少对老水牛爷爷尽了一点心意似的。

"几天以后,黄狮身旁的秕粘和馍馍堆得很高很高了,可是它却饿得连蹲都蹲不住了。它把两条前腿匍匐下,头伏在前腿上,眼睛望着河水,尾巴朝着堤东面的村庄,长拖拖地躺在那里。浪涛起来了,它已经没有力气叫唤了,就轻轻地摆一摆尾巴,眼里却仍然淌着泪水……

"沙鸥、红雁、野鸭子、乌鸦,还有别的狗、猫,它们发现了黄狮身旁那些好吃的东西,都成群结伙地围上来。又吃,又吵,又打架,河边上叫它们闹翻了天。

"黄狮还是躺在那里,连看也不看,好像它心里在嘲笑它们:'你们这些熊东西,就是知道吃!'

"以后这些熊家伙就越来越大胆了。顶讨厌的是乌鸦,它竟跳到黄狮的背上,伸着大黑脖子,哇哇地大叫起来了。黄狮仍然一动不动,这时候,它已经饿得没有力气了。

"小宝常常跑到河边上来,替它赶开这些贪吃的坏家伙,让它安安静静地躺着。

"半个月以后,黄狮就死了。一直到死,它还是头朝着潍河,尾巴对着村庄……

"可是,老水牛爷爷直到如今还是没有回来……"

老韦兆的声音突然停住了。他大声地咳嗽了两下,转过头去。就在他一转头的时候,一颗泪珠洒落河里去了。我的眼圈,也一阵热乎乎的,眼睛像蒙上了一片毛玻璃似的,天空、月亮、河水、岸上的黑黝黝的树林,都一齐白蒙蒙地模糊不清了。我揉了揉眼睛,回头看看小宝。小宝低着头,怔怔地望着河水,一声不响。

这时候,月亮高高地挂在碧蓝的夜空里,天上没有一丝儿云花,无数颗蓝晶晶的星儿在闪烁着。夜很静,河东岸隅庄果林子里的杜鹃还在不住气地叫。浅滩的地方,不时地有大鱼跃出水面的泼剌声。小船静静地在碧绿的河面上滑行,河水轻轻地冲击着船底,发出啪嗒啪嗒的响声……

小宝突然站起来,紧紧地抓着我的手,小鼻子一抽一抽地向我说:

"我娘说:好人是管多都不能死的。孙同志,你说对吗?"

"对,小宝!"我激动地说,"好人是管多也不能死的!"

…………

我从沉思中醒来,月亮已经偏西了。

老头树伸着光秃秃的枝丫,傲然地望着繁星点点的碧蓝的夜空,望着银光四射的月亮。我忽然觉得:它并没有死,它像老水牛爷爷一样,是永远不能死的。

图书在版编目（CIP）数据

第一场雪 / 峻青著. -- 武汉：长江文艺出版社，2024.6
　　ISBN 978-7-5702-3642-8

　　Ⅰ．①第… Ⅱ．①峻… Ⅲ．①散文集－中国－当代②短篇小说－小说集－中国－当代 Ⅳ．①I217.2

中国国家版本馆CIP数据核字(2024)第 104523 号

第一场雪
DI YI CHANG XUE

| 责任编辑：雷　蕾 | 责任校对：毛季慧 |
| 封面设计：陈希璇 | 责任印制：邱　莉　胡丽平 |

出版：长江出版传媒　长江文艺出版社
地址：武汉市雄楚大街 268 号　　邮编：430070
发行：长江文艺出版社
http://www.cjlap.com
印刷：武汉科源印刷设计有限公司

开本：640 毫米×970 毫米　　1/16　　印张：7.5　　插页：4 页
版次：2024 年 6 月第 1 版　　2024 年 6 月第 1 次印刷
字数：87 千字

定价：24.00 元

版权所有，盗版必究（举报电话：027—87679308　　87679310）
（图书出现印装问题，本社负责调换）